Diogenes Taschenbuch 24390

D1142525

CHRISTOPH POSCHENRIEDER, geboren 1964 bei Boston, studierte an der Hochschule für Philosophie der Jesuiten in München. Danach besuchte er die Journalistenschule an der Columbia University, New York. Seit 1993 arbeitet er als freier Journalist und Autor von Dokumentarfilmen. Heute konzentriert er sich auf das literarische Schreiben. Sein Debüt *Die Welt ist im Kopf* mit dem jungen Schopenhauer als Hauptfigur erhielt hymnische Besprechungen und war auch international erfolgreich. Mit *Das Sandkorn* war er 2014 für den Deutschen Buchpreis nominiert. Christoph Poschenrieder lebt in München.

Christoph Poschenrieder
Mauersegler

ROMAN

Diogenes

Die Erstausgabe
erschien 2015 im Diogenes Verlag
Covermotiv: Gemälde von
Erich Heckel, ›Fasanenschlösschen bei
Moritzburg‹, 1910 (Ausschnitt)
Copyright © 2016, ProLitteris, Zürich
Museum Ludwig, Köln
Reproduktion: Rheinisches Bildarchiv, Köln

Für meine Freunde

Veröffentlicht als Diogenes Taschenbuch, 2017
Alle Rechte vorbehalten
Copyright © 2015
Diogenes Verlag AG Zürich
www.diogenes.ch
200/17/852/1
ISBN 978 3 257 24390 1

Eines Tages ist dann ein Schlummer der letzte, und seine Träume sind –
ich glaube, wir träumen sie eben jetzt.

Arthur Schopenhauer: *Über den Tod und sein Verhältnis*
zur Unzerstörbarkeit unseres Wesens

I

Seltsam: Alle haben Angst vor dem Tod, aber keiner macht sich Gedanken, wo er vor seiner Geburt gewesen ist. Wohin die Lebensreise führt, scheint so viel wichtiger als die Frage, woher wir kommen. Die Unendlichkeit vorher – ohne mich – kann doch wohl genauso wenig schrecklich sein wie die Unendlichkeit nachher – ohne mich. Oder? Und das dazwischen ist sowieso nur ein flüchtiger Lebenstraum. Seitdem wir zusammenwohnen, wir alten Freunde, beschäftigt mich die Frage nach dem Woher mehr und mehr. Über das Wohin bin ich mir vollkommen im Klaren.

Wir hatten immer gedacht, wir würden mit dem Sterben und dem Tod vernünftig umgehen. Nicht nur vernünftig, sondern lässig-nonchalant, so wie wir unsere Leben geführt hatten. Wir gutaussehenden, braungebrannten Erfolgstypen. Alphawölfe. Überholspurfahrer. FDP-Wähler, als es die noch gab. Und jetzt ist Heulen und Zähneklappern – Drittezähneklappern.

Nein, so ernst ist die Sache auch wieder nicht. Unsere Komödie – mit ein paar tragischen Einsprengseln, zugegeben – befindet sich nunmehr im finalen, fünften Akt, bevor der Vorhang für den Letzten von uns fällt. Das werde, wenn mein bisheriges Glück anhält, wohl ich sein.

Wir sind fünf:

7

Wilhelm. Jurist.

Zuletzt Chefjustitiar bei Deutschlands größtem Versicherungskonzern. Pflegte zu sagen: »Es ist zwar nicht recht, aber es ist Recht.« Dutzende, wenn nicht Hunderte Fälle, in denen er Ansprüche von Versicherten mit juristischen Spitzfindigkeiten abgewehrt hat. Und wenn er nicht gewann, dann gewann die Zeit, und seine Gegner starben auf dem endlosen Verwaltungs- und Prozessweg. Begeisterter Golfer, obwohl er das Spiel hasst. Schied aus der Arbeitswelt bei Erreichen der Altersgrenze friedlich aus, nachdem man ihm Chauffeur und Oberklassewagen für weitere fünf Jahre garantiert hatte. Nachdem ihm das linke Bein oberhalb des Knies abgenommen worden war, dachte er, glaube ich, öfter über Gerechtigkeit nach. Und all die kleinen Leute mit ihren kleinen Sorgen.

Heinrich. Lebensmitteltechnologe bei einem großen »Lebensmittel«-Konzern.

Man entschuldige die Gänsefüßchen, die natürlich auch nichts mit Gänsen zu tun haben – wie so vieles nicht das ist, was es zu sein scheint, bei Heinrich. Er gilt als Erfinder der Leberwurst ohne Leber und des »Fruchtaufstrichs« (woran nur der Wortbestandteil »Aufstrich« zutrifft). Er hat viele Menschen satt gemacht und ihnen einen Hauch vom Aroma der weiten Welt dabei verschafft; und das auf die billige Art. Es war die Zeit dafür. Immerhin war der alte Heinrich der Erste unter uns, der völlig auf Bio setzte, dann Vegetarier, dann Veganer wurde. Danach wurde er Hungerkünstler. Einmal brachte ihn die Polizei zurück in unsere WG. Er hatte in einem Supermarkt randaliert (so wie

45-Kilo-Männchen randalieren) und immerzu »Gift! Gift! Alles Gift!« geschrien. Er muss es wissen.

Ernst. Programmierer, Software-Unternehmer.

Dass der es zu etwas bringen würde, hatten wir anderen vier am wenigsten erwartet. Bastlertyp, zündete sich die Zigaretten am Lötkolben an. Programmierte schon, als die Computer noch so groß wie Schränke waren. Kapierte sofort, als der erste Personal Computer auftauchte, welche Chancen darin steckten. Jetzt ist er der Reichste von uns fünfen und ein generöser Stifter.

»Leben ist Eins, und Tod ist Null«, sagt er oft. Ernst ist das fleischgewordene binäre Denken. Er spielt jetzt mit einer gigantischen Modelleisenbahnanlage, aus der er alles Spielerische herausprogrammiert hat. Früher haben wir sie manchmal gekapert, um grandiose Eisenbahnunglücke zu bauen. Ernst hat auch das »Todesengelprogramm« geschrieben, mit dem wir … Aber das kommt später noch.

Siegfried. Theaterregisseur, Intendant.

Einer unserer Großen. Wurde dennoch von der Garde der Jungen aus seinem letzten Intendantenposten in Berlin geputscht. Aber gleichzeitig mit Ehrengaben überschüttet, so dass er sich nach einigem Sträuben brav fügte und für eine Weile Präsident der Akademie der Schönen Künste wurde. Verachtet alles, was jünger als er ist; es sei denn, es wären um vieles jüngere hübsche Frauen. Jetzt inszeniert er vornehmlich beim Kochen. »Auftritt!«, flüstert er, dann wirft er die Hummer ins sprudelnde Wasser und sieht zu, wie sie erröten. Er sagt, sie empfänden keinen Schmerz.

Falls er an so etwas glaubt, er müsste drüben, im Jenseits, den Zorn und die Rache der Autoren fürchten, deren Werke er genüsslich vergewaltigt hat. Zu viele Protagonisten, denen er ss-Uniformen angezogen und Stahlhelme aufgesetzt hat. Das wollte zuletzt nicht einmal mehr das Feuilleton sehen. – Sonst ein lieber Kerl.

Ich, *Carl.*

Einstmals Journalist für Kraut und Rüben, Philosophiedozent, zwischendrin allerlei, später und bis zur Rente Chefredakteur eines schöngeistigen Magazins, das ständig über dem Abgrund hing. Mit den anderen kann ich – in finanzieller Hinsicht – gerade so mithalten, weil ich ein wenig geerbt habe. In der Gruppe bin ich immer schon für den heiteren Kommentar zuständig gewesen und für den vermittelnden Ausgleich. Ein bisschen der Typ, den man braucht, um weiterzukommen, und dann gerne zurücklässt. Aber ich lasse mich nicht abschütteln.

Ich glaube, dass ich im Jenseits das antreffen werde, was ich früher – also vorher – gewesen bin. Keine Ahnung, was genau. Zu fürchten? Eigentlich nichts. Ich war ein guter Mensch. Aber Moment – noch bin ich ja nicht tot. Und heiße Carl mit C, damit, wie mein Vater immer sagte, ich mich nicht mit Karl dem Großen verwechsle.

Karikaturen, gewiss, wie viele meiner Generation. Aber wie baut man ein vom Krieg zerstörtes Land auf (mit »eigenen Händen«), wenn man unter Vätern leidet, die nie richtig aus der Uniform herausgefunden haben, unter Müttern, die mit Waschmaschinen, Staubsaugern, elektrischen Dosenöffnern, Mikrowelle und Eierkochern und später Cognac – wer kennt noch den *Asbach Uralt*? – an ihren Platz und ruhiggestellt wurden. Das einzig Wunderbare, das uns Jungen widerfuhr, war ein Wirtschaftswunder. Man hatte uns alles vorgezeichnet: Lernen, Studieren, Arbeiten, Familie, Leben. Die, die ein paar Jahre jünger waren, die machten Revolte. Nur als es aufs Sterben zuging, wollten wir einmal anders sein. Das hat geklappt.

Ach, Schopenhauer, wie recht du hattest: Wir wollten auch nur von lächerlichen zu lachenden Personen werden.

Zu einem großen Schreiber hat es für mich leider nicht gereicht. Aber mitschreiben, das konnte ich immer ganz gut. Die anderen tun und machen, und ich stehe mit meinem Notizblock daneben. Ich wurde der Chronist unserer WG. Wovon die anderen allerdings nichts wissen sollen, denn niemand von uns wird gerne an die Zeit und das Vergehen der Zeit erinnert.

Wenn man alt ist, greift man manchmal etwas zu hastig nach den Erinnerungen; weil man nicht weiß, ob sie jemals wiederkommen. Aber im Großen und Ganzen sollte es stimmen, so wie hier beschrieben. Wenn in dem Konvolut immer wieder mal einige Seiten Computercode auftauchen: das ist Ernsts Programm. Ich fand die Blätter im Altpapier. Immerhin ist es von einiger Bedeutung für uns, und ich finde, die Zeilen haben ihren eigenen, morbiden Charme, so wie sie ihre Geschichtlein erzählen. Wie das hier:

Code01

```python
def lebendeUndtote():

 try:
   dahingegangen = VerstorbenenListe.leseDatei()
   for verstorben in dahingegangen:
    pos = wg_besatzung.index(verstorben)
    wg_besatzung.remove(verstorben)
    wg_besatzung.insert(pos,'+')
   return wg_besatzung

 except:
   self.log.error('Datei nicht gefunden oder leer')
```

2

Wir waren sechs. Aber der Sechste ist nicht mehr bei uns. Wenn unser kleiner Martin nicht tot im Weiher vor der Stadtmauer gefunden worden wäre, wir hätten unsere Alten-WG nie gegründet. So gesehen ist er doch bei uns. Und in anderer Hinsicht – wovon noch zu berichten ist. Wir trinken jedes Jahr am 2. Dezember auf Martin. Zum ersten Mal taten wir es kurz nach dem Vorfall. Damals hatte Heinrich eine Zweiliterflasche süßen Lambrusco gestohlen. Das verschaffte uns den ersten Rausch. Geschmacklich sind wir inzwischen weiter; wir trinken Champagner, aber wir betrinken uns immer noch sehr ordentlich zu diesem Anlass.

In der Kleinstadt gerieten wir sofort unter Verdacht. Wir waren eigentlich immer unter Verdacht. Wenn im Auspuffrohr eines Lehrermopeds eine Kartoffel steckte, zitierte der Schulrektor einen von uns oder gleich alle in sein Büro. Wasserfarbe im Marktbrunnen, wenn im Lauf des bronzenen Gewehrs des Sterbenden Kriegers eine angebissene Frankfurter steckte: Man wusste sofort, wer die Übeltäter gewesen waren. Wir waren es ja auch meistens. Es gab nur einmal eine kurze Phase, da wollte uns eine Bande von der Realschule die Hoheit streitig machen. Aber wir klärten das mit ein paar ausgesuchten Gemeinheiten.

Die Tragfähigkeit einer jungen Eisdecke einschätzen konnten wir nicht; Martin jedenfalls nicht. Die Überquerung des Weihers im Frühwinter muss ihm jemand eingeredet haben. Einer von uns. Denn Martin war ein ängstlicher Junge, der sich selbst nichts zutraute und nur auf seine Spielkameraden hörte. Wir nutzten das manchmal aus.

Natürlich gab es eine strenge Befragung. Jeder von uns saß im Polizeirevier der Kleinstadt, Mutter und Vater links und rechts neben sich. Bei Heinrich und Siegfried blieb ein Platz frei. Deren Väter waren im Krieg gefallen. Unsere Mütter weinten, weil man das von ihnen zu erwarten schien, und weil Martins Mutter im Vorraum auf und ab ging und ebenfalls weinte. Die Väter saßen mit versteinerter Miene und herrschten uns zwischendrin an: Antworte gefälligst, Rotzbube!

Wir sagten nichts. Es hatte uns die Sprache verschlagen, und geweint hatten wir auch um unseren kleinen Martin; jeder für sich natürlich. Bevor ihn ein Spaziergänger am folgenden Morgen entdeckte, hatten wir ihn schon gefunden, noch am selben Abend. Wir waren aus den Betten geschlichen, um ihn zu suchen. Irgendwie wussten wir auch, wo wir suchen mussten. Dann lagen wir bäuchlings auf dem Steg und leuchteten mit unseren funzeligen Taschenlampen aus Wehrmachtsbeständen in Martins Gesicht. Unter dem dünnen, klaren Eis schwebte er mit offenen Augen, Hände und Nase wie an das Schaufenster von *Spielwaren Steiner* gepresst. Er betrachtete uns von der anderen Seite staunend und gar nicht vorwurfsvoll, nur ein wenig traurig sah er aus. Vielleicht, weil er kein aufregendes und erfolgreiches Leben mehr haben würde?

Das Gelände um den Weiher war unser liebstes Revier. Die Reste eines abgeschossenen amerikanischen Bombers lagen in einem wieder aufstrebenden Wäldchen, das der Flieger beim Aufprall umgelegt hatte. Nicht, dass es in der kleinen Stadt etwas zu bombardieren gegeben hätte. Im Abdrehen von der großen Stadt hatten die Flieger, die es nicht über ihr angewiesenes Ziel geschafft hatten, ihre Last abgeworfen. Jeder von uns bewegte sich blind auf dem Terrain, das mit großen und kleinen Bombenkratern übersät war. Im Sommer tauchten wir im Weiher nach Munition und Waffen.

Als Martin nicht zum Abendbrot erschienen war, lief seine Mutter von Haus zu Haus. Ich wurde an die Tür gerufen. Weißt du, wo Martin ist?, fragte seine Mutter, ich war schon bei Siegfried und Wilhelm und Heinrich, aber niemand hat ihn gesehen. Du musst doch etwas wissen. Ihr habt doch heute zusammen gespielt.

Kraterhüpfen hieß unser Spiel. Einer zählt bis zehn, die anderen müssen raus aus ihrem Loch und ins nächste. Wer bei zehn noch draußen ist oder zu einem anderen ins Loch hüpft, verliert die Runde und muss zählen. Am Ende gewann der, der in die meisten Krater gehüpft war. Allein natürlich. Unser kleiner Martin war nicht der Schnellste. Deshalb blieb er manchmal in seinem Krater sitzen und hoffte, dass niemand zu ihm sprang. Vielleicht haben wir ihn einfach vergessen an diesem Tag. Martin musste immer schon eine halbe Stunde früher als wir zu Hause sein, weil sein Vater hungrig von der Schicht kam und sofort Abendbrot essen wollte. Mit dem einzigen Sohn. Vielleicht ging er deshalb über das Eis, den direkten Weg.

Wir hatten uns abgesprochen: Jeder von uns hatte allein in einem Krater gesessen. Siegfried. Ich. Heinrich. Wilhelm. Ernst. Jeder von uns hatte es den anderen versichert und so bei der Polizei erzählt. Und jeder von uns wusste oder ahnte, dass das nicht stimmen konnte. Siegfried. Heinrich. Ernst. Wilhelm. Und ich. Vielleicht hielten wir deshalb ein Leben lang zusammen.

3

Wie kamen wir darauf? Vermutlich bei einem der Dezemberabende, an denen wir auf Martin tranken. Das Jahr weiß ich nicht mehr genau. Anfang der 1990er vielleicht. Es geschah mal hier, mal dort. Wir lebten übers Land zerstreut. Keiner von uns war in der kleinen Stadt geblieben, außer Martin.

Habe ich erwähnt, dass er ein Einzelkind war? Seine Eltern starben früh, bald nacheinander. An gebrochenem Herzen, sagte nicht nur meine Mutter. Dass wir etwas mit Martins Tod zu tun hatten – schuldhaft zu tun hatten –, gehörte zu den anerkannten Wahrheiten der Kleinstadt. So wie jeder ganz sicher wusste, dass der Bäcker sein Mehl streckte und der Wirt in Bierkrüge mit gefälschtem Eichstrich einschenkte.

Später übernahmen wir die Kosten für Martins Grab auf dem Kirchfriedhof. Ich habe es einige Male besucht, allein, und dabei Blumenschmuck bemerkt, der nicht die Handschrift des von uns beauftragten Gärtners trug, oder ein frisches Grablicht. Irgendjemand hatte einmal das Foto am Grabstein ausgetauscht, das einen lachenden Martin barfuß in kurzen Lederhosen zeigte. Das alte war längst verblasst und wellte sich unter der messinggefassten Glaslinse. Ich schob den neuen Abzug mit einer Taschenmesserklinge heraus, um zu sehen, ob auf der Rückseite irgendein Hinweis zu finden wäre: nur ein Datum.

Unser Gedenken nahm mit der Zeit andere Formen an. Wir trafen uns für ein Wochenende und ließen es uns gutgehen. Die Hotels waren fein; meist feiner, als ich es mir eigentlich leisten konnte. Mit zwei Sternen fingen wir an, zuletzt waren es »Fünf-Sterne-Superior«-Etablissements von groteskem Luxus, den ich schon peinlich fand. Übers Jahr hielten wir nur lose Kontakt; denn früher gab es das Konzept des »Ferngesprächs«, das man vermied, sofern nicht unbedingt vonnöten. Und anfangs nahmen wir aneinander Maß: Wer hatte seit dem letzten Treffen was erreicht? Familienzuwachs? Neue Frau? Zum Abteilungsleiter befördert? Hochgerühmte Inszenierung? Mercedes? Firma expandiert? Neue Erfindung? Später spielte das keine Rolle mehr, und wir genossen es, wenigstens ein Wochenende ohne das elende Federspreizen auszukommen, das unseren Alltag bestimmte. Krawatten waren verboten.

»Mit euch Rasselbande möchte ich alt werden«, sagte, glaube ich, Ernst. So etwas in der Art jedenfalls. Und ein anderer sagte: »Kein Problem, trink nicht, iss gesund, bleib einfach am Leben.«

»Nein, mit euch zusammen, in einem Haus.«

Wir lebten, wie gesagt, alle in verschiedenen Städten, und bis auf Wilhelm und Heinrich arbeiteten wir noch in unseren Berufen. Wilhelm ging noch auf zwei Beinen, rauchte achtzig Zigaretten täglich und ließ sich nichts sagen, schon gar nicht von Ärzten. Heinrich war in der Transformation zum Vegetarier; was wohl zu der wachsenden Entfremdung zwischen ihm und seiner Frau beitrug. Sie hatte sich einen gemütlichen »Lebensabend« bei gedämpftem Licht vorgestellt, anspruchsvolle Bildungsreisen, regelmäßige Opernbesuche, einfach geregeltes Alles – und nicht einen zunehmend besessenen, zum Missionarischen neigenden Gemahl. Erst recht nicht zu diesem Zeitpunkt: Die Firma hatte im frisch wiedervereinigten Osten Deutschlands Fabriken übernommen, die nach dem Krieg enteignet worden waren.

Der Gedanke war damals nicht so schick wie heute. Alte Menschen lud man selbstverständlich im Altersheim ab, wo sie »so lange gewendet wurden, bis sie gar waren« – Siegfrieds Worte, nicht meine. Ich glaube, heutzutage werden sie nicht einmal mehr gewendet, wegen Personalmangels und weil das jetzt alles private Konzerne sind, die auf Aktionäre und Dividenden achten müssen.

Wir phantasierten herum, und nach einiger Zeit schien uns die Idee ganz charmant: wir fünf unter einem Dach, und Platz für alle unsere Spleens. Siegfried fabulierte von jungen Krankenschwestern, die er beizeiten (sollte heißen: möglichst früh) engagieren wollte, und zählte schon einmal auf, was er uns alles kochen würde. Ernst plante, das ganze Haus zu programmieren und zu automatisieren; gerade so, dass es nicht unsere Gedanken lesen könnte, aber mit einem Augenzwinkern würde man die Jalousien bedienen können. Ich träumte von einer großen Bibliothek, Heinrich von Gemüsegärten und Treibhaus, und Wilhelm – er war nicht der Typ, der träumte. Dafür sagte er, wir würden uns ja doch nicht komplett fühlen, wenn Martin nicht dabei wäre, da müssten wir eine Lösung finden. Siegfried, wie er manchmal ist, sagte dann irgendetwas Grobes, ungefähr: »Reliquienschrein oder was meinst du?«

Das beendete die Diskussion an diesem Abend. Wir einigten uns nicht auf einen Plan, wir fassten auch keinen Entschluss, wir schworen uns nichts. Aber die Idee der Altenwohngemeinschaft blieb hängen. Ich glaube, uns allen war schlagartig klargeworden, dass wir Angst hatten. Eine Heidenangst vor dem Alleinsein im Alter.

4

Beim nächsten Martinstreffen wollte keiner das Thema zuerst ansprechen, obwohl es in der Luft lag. In den vergangenen zwölf Monaten hatte es keine Rolle gespielt. Bei unseren gelegentlichen Telefonaten ging es um andere Dinge – Ernsts neue Software-Stiftung, meine unsichere Position, Siegfrieds jüngste Inszenierung, die einhellig verrissen worden war und als das Machwerk eines ausgebrannten, in seinen Konventionen und Attitüden festgefahrenen Mannes von gestern beschimpft wurde. Ich denke, nach dem ersten Überschwang hatte jeder von uns die WG-Sache als zu exotisch, zu ungewöhnlich abgelegt. Man tat so etwas nicht, wir doch nicht. Herrgott, noch (obwohl immer seltener) begegnete man uns mit Respekt. Lebensleistung zählte, sicher. Aber wo wir uns noch sicher vertäut glaubten, wären die Jungen sofort bereit gewesen, die Leinen zu kappen und uns stromabwärts zu schicken. Ich hatte öfter mal daran gedacht, wie es wohl wäre und was Kollegen, Familie, Freunde davon hielten. Ob wir uns zu Narren machten. Wohngemeinschaften, das war etwas für Studenten und Entwurzelte, oder?

Wir hatten exzellent gegessen, schwenkten ein jeder ein Glas Cognac, fast so alt – Verzeihung: *reif* – wie wir, und waren träge und zufrieden. Obwohl mein Jahr nicht das beste gewesen war. Ein Lehrauftrag an einer süddeutschen Universität, auf den ich erpicht gewesen war, war an einen deutlich jüngeren Kollegen gegangen, ebenso die Herausgeberschaft des Magazins. Als zeremonieller Posten wäre dieser eigentlich für jemanden meiner Altersklasse prädestiniert gewesen. Ich hatte keine Lust mehr, das Zeug anderer Leute zu redigieren, Konferenzen zu leiten und mich mit Praktikanten auseinanderzusetzen. Na schön. Bald einmal würde wohl der Verleger an mich herantreten und »über meine Pläne« sprechen wollen. Und mir damit sagen, dass er keine hätte – für mich.

Ausgerechnet Wilhelm kippte seinen Cognac auf ex und packte dann einen Stapel Prospekte aus, von allerlei »Seniorenresidenzen« der oberen Preisklasse. *Residenz* – als ob das Alter eine Form von Adel mit sich brächte. (Besser als »Heim« klingt es sicher.) Er verteilte die Prospekte und sagte: Unsere Unterhaltung vom vergangenen Jahr sei im Grunde ja vernünftig gewesen. Aber dem Ernst der Lage nicht angemessen. Er habe sich einmal umgehört. Man müsse sich früh um solche Dinge kümmern. Es gebe nämlich Wartezeiten, vor allem in den besseren Einrichtungen. Für uns fünf sei es schwierig, gemeinsam unterzukommen… aber möglich.

»Die hier zum Beispiel machen einmal die Woche einen Dämmerschoppen«, las er. »Fitnessraum, Kabel-TV, Bastelzimmer, Wellness, Kneipp-Bad, Ausflüge mit dem Bus…«

»Ab einem gewissen Alter oder Zustand ist jeder Schoppen ein Dämmerschoppen«, sagte Siegfried und blätterte durch die bunt glänzenden Papiere. In einem sah man eine ältere Dame, die ein Double von Queen Elizabeth hätte sein können. O ja, diese »Residenzen« waren die reinsten Vergnügungsparks. Und die Alten die Könige, umsorgt und umhegt von dienstfertigem Personal, in Livree und Kittelchen. Ich fragte mich, wo sie die Kühlräume unterbrachten, denn irgendwann hatte der Spaß ja auch sein Ende. »Du könntest sogar inszenieren«, sagte ich zu Siegfried und zitierte: *Das kulturelle Angebot im Schubertsaal des Hügelinger Seniorenstifts spannt sich von klassischer Musik über Theateraufführungen bis hin zu Vorträgen und Lesungen. Und wer selbst gerne singt, ist herzlich eingeladen, den Schubertchor zu verstärken.*

Wir machten Witze, und Wilhelm fühlte sich nicht ernst genommen. Das sei doch genau, was wir wollten und, seiner Ansicht nach, auch brauchten. Keine wilde Greisenkommune. Sondern ein angenehmes Ambiente, wie im Hotel, all-inclusive sozusagen, in hübscher Umgebung und in angemessener Gesellschaft.

»Ich will Damenbesuch, ohne dass in der Nebensuite eine Vorstandsvorsitzendenwitwe pikiert die Augenbrauen hochzieht«, sagte Siegfried.

»Ich sehe das wie Siegfried«, sagte Ernst, »also nicht was den Damenbesuch betrifft. Jungs, wenn wir in so einer Generaldirektorenaufbewahrungsanstalt einziehen, dann können wir gleich einpacken. So habe ich es nicht gemeint.« Er schob die Prospekte von sich weg.

»Zu viel Kontrolle, das mein ich auch«, sagte Heinrich, »was wird aus meinem Gemüsegarten? Was, wenn ich Cannabis anbauen will?«

Wir kicherten, auch Wilhelm. *High Society.* Keiner von uns hatte eine ausgeprägte Drogenkarriere gehabt, Nikotin und Alkohol ausgenommen. Davon reichlich. Ich schnüffelte an meinem edlen Cognac und dachte an zu Hause. Nicht an die früheren Haushalte meiner beiden Familien oder meine gegenwärtige Singlewohnung. Ich dachte an *daheim*, bei Mutter und Vater. Das wiederhaben, ohne die Strenge, die Schläge, aber mit all den Freiheiten, die wir uns als Kinder gewünscht hatten. Und trotzdem das Gefühl des… Behütetseins. Und nach Möglichkeit den Duft eines frischgebackenen Kuchens. Ich sagte leise:

»Mit dreckigen Schuhen durch die Küche laufen.« Und Siegfried griff das auf: »Das Fahrrad draußen im Regen stehen lassen.«

»Die Haare wachsen lassen.«

»Mit Papas bestem Werkzeug die Seifenkiste reparieren.«

»Aufbleiben, so lange ich will.«

»Das Hemd aus der Hose hängen lassen.«

»Essen, wenn ich Hunger habe und was ich will.«

Hätten wir alles tun können. Schon längst. Wir taten es nur nicht. In einer Seniorenresidenz hätten wir es erst recht nicht getan. Das konnten wir nur unter uns.

»Gut«, sagte Ernst, »dann machen wir's. Hör ich Widerspruch? Nein? Beschlossen.«

»Geht das wenigstens diesmal ohne rostige Taschenmesser und Hautritzen?«, sagte Wilhelm.

»Einmal Blutsbrüder, immer Blutsbrüder«, sagte ich, »das gilt.«

Ersatzweise vergossen wir eine elend teure Flasche Wein.

5

Warum wir glaubten, dass das funktionieren würde? Vertrautheit. Vertrautheit ist ein eingetragener Schuh, ein gewohnter Geschmack, ein Wiegenlied. Die langweiligste Sache der Welt. Wenn man von einem anderen Menschen alle seine Witze kennt, wenn man weiß, was ihn ängstigt, was ihn freut. Und wenn der Mensch dennoch unbegrenzt Kredit genießt (im übertragenen Sinne natürlich, nicht monetär).

Fällt euch etwas auf, fragte Ernst bei irgendeinem der frühen Martinsbesäufnisse. Nein – wie sollte es, so eingeschliffen, wie es war? Nun: Wenn wir uns trafen, dann saß ich neben Siegfried, rechts neben Siegfried. Heinrich setzte sich links neben Ernst, nur Wilhelm flottierte, weil ihm der kleine Martin als Nachbar abhandengekommen war. So sah unsere Sitzordnung seit der Schulbank aus. So saßen wir später am Tisch der WG: zwei und zwei an den Längsseiten, Wilhelm am Kopfende. Auch, weil er mit dem Rollstuhl besser herankam. Wenn Siegfried sich in der Unterhaltung erhitzte, rückte ich unbewusst ab, weil er früher oder später anfangen würde herumzufuchteln. In der Schule hat er mir zwei- oder dreimal die Brille von der Nase gehauen. Ich bin dann einige Zeit mit der alten Gasmaskenbrille meines Vaters dahergekommen. Zwei runde Gläser, befestigt durch ein Lederband. Nur lästig, dass die Linsen, weil so dicht am Auge, ständig beschlagen waren. An der Tafel konnte ich nichts mehr erkennen. Aber Heinrich ließ mich aus seinen Heften abschreiben, wo Wilhelm die seinen eifersüchtig abschirmte und Siegfrieds dürftige Aufzeichnungen das Abschreiben schlicht nicht lohnten. Der zierliche Heinrich suchte stets und immer noch den Windschatten des großen, kräftigen Ernst, der fallweise mit dem nüchtern kalkulierenden Wilhelm paktierte und seinen Gegensatz in Siegfried fand – *Materie contra Geist* –, wobei ich mich, als kollegialer Geistesarbeiter, oft auf die Seite Siegfrieds schlug. Was dieser gar nicht so gerne hatte: *Der Starke ist am mächtigsten allein.* Er hatte eine Menge solcher Sprüche drauf. Worüber Ernst sich aufregte. Aber wir stritten nie lange, nie wirklich böse. Immer gab es einen, der vermittelte. Meistens war ich das.

Selbst wenn zwei gerade nicht miteinander sprachen, setzten sie sich nebeneinander, wie gehabt. Es ging nicht anders. Wir suchten einander, Jahr um Jahr, solange wir unsere separaten Leben aufbauten; und als sie auseinanderfielen, Jahr um Jahr. Ernst hat, glaube ich, jedem von uns einmal Geld geliehen. Größere Summen. Ich musste den Dachboden ausbauen, als die Kinder kamen. Ernst fragte nur: Wie viel?, und nach drei Tagen war das Geld auf dem Konto. Ich habe es zurückgezahlt, zinslos, denn unter Freunden gibt es zwar Schuld, aber keinen Zins. Wahrscheinlich hat er nie nachgeprüft, ob und wann das Geld zurückkam. Vertrauen bedingt, dass man keine Fragen stellt. Frage sät Zweifel, und der Zweifel ist das Gegenteil von Vertrauen.

Wilhelm besorgte uns günstige Lebensversicherungen, sogar in unseren vorgerückten Jahren, ohne irgendwelche demütigende ärztliche Untersuchungen; dabei waren wir schon ziemlich kaputt. Ich zum Beispiel hatte wenigstens fünfzehn Jahre als Alkoholiker, ab und an, mehr oder weniger ausgeprägt, hinter mir. Manchmal war ich schon bei der Morgenkonferenz blau. Alle soffen zu dieser Zeit. Martini zum Feierabend, Weinbrand in der Schublade, Cognac im Regal. Irgendwann konnte man das nicht mehr als typisch für die Medien-Bohème abtun, ich musste für einige Zeit verschwinden. Auch da halfen mir die Freunde. Wofür ich mich, wenn nötig und möglich, für eine vorteilhafte Berichterstattung über sie und ihre Unternehmungen einsetzte. Ich kannte ja jeden in der Branche.

In einer Sache kannte die Freundschaft dann doch Grenzen: wenn es darum ging, Heinrichs höllische Kreationen zu testen. Obwohl er sagte, dass er uns nur warnen wolle, damit wir das Zeug nicht versehentlich im Supermarkt kauften. (Dabei war er sehr stolz darauf. Das haben wir wohl erst zu spät gemerkt.)

Der große runde Küchentisch, den wir zuerst im Haus hatten, flog bald wieder hinaus. Es funktionierte nicht. Gleichmäßig verteilt im Kreisbogen fühlten wir uns unwohl. Die Abstände stimmten nicht, die Paarungen. Wir hatten unsere Hierarchie, unsere Neigungen und Abneigungen. Hätte ich nicht gedacht, dass die alten Gewohnheiten so lange anhalten würden.

6

Um den geeigneten Ort zu finden, machten wir erst einmal eine Erkundungsfahrt in den Süden. Gemeinsam ein paar Tage unterwegs – das letzte Mal, wenn ich mich recht erinnere, war das bei einem Schulausflug gewesen. Bei den Grenzkontrollen, die es damals noch gab, und danach alle paar Minuten sagte einer: Fahr mal ran, ich muss pinkeln. Siegfried, der Fahrer, nörgelte jedes Mal: So kommen wir nie an. Aber so ist das eben mit alten Herren. Die anderen tranken inzwischen einen Espresso oder Prosecco. Oder beides; wir hielten gefühlt an jeder Raststätte. Schon aus Übermut. Bei Trient verließen wir die Autobahn in Richtung Westen, in die Berge. Nach einigen Kurven ging die Straße in eine lange, stetig abfallende schnurgerade Rampe über, an deren Ende zwei kleine Seen traulich glitzerten. Da befiel mich plötzlich so eine Nahtoderfahrung, von der die Halbgestorbenen und Wiedergekehrten berichten. Eine Art Licht am Ende eines Tunnels, eine gleißende Verheißung; ich sah es vom hinteren Mittelplatz, ich sah uns darauf zugleiten, immer abwärts, auf die schimmernde Dunstkuppel über dem Gardasee.

Ein Kniff in den Oberschenkel, und die Fata Morgana war vorbei. Siegfried chauffierte den gemieteten Kleinbus wie seinen Porsche. »Wenn du weiter so fährst, können wir die ganze Sache abblasen«, schrie Heinrich, als Siegfried mit Vollgas über die Gardesana Occidentale raste.

»Eingelocht«, sagte Wilhelm, wenn wieder ein Tunnelmaul unseren Bus verschluckte. Er dachte wohl ans Golfen, um sich zu beruhigen. Ich machte die meiste Zeit die Augen zu. Vertrauen. Wenn ich mein Schicksal als alter Mensch in die Hände dieser anderen alten Knacker legen wollte, konnte ich wohl sofort damit anfangen, nicht? Er fuhr schnell, aber sicher, unser Siegfried, und ehrlich gesagt, es gefiel mir, in die Gesichter der Leute zu gucken, die dem Bus der rasenden Scheintoten begegneten. Wir saßen drin, draußen war es heiß, innen kühl. Unser welkes Fleisch (vier von fünfen trugen kurze Hosen) auf straffen, glatten Ledersitzen; das machte einen seltsamen Gegensatz.

Wir hatten diese Reise schon im Frühjahr unternehmen wollen, aber es war einiges dazwischengekommen. Ein Leistenbruch bei Heinrich, Wilhelm erhielt einen Bypass. Siegfried trainierte für einen Halbmarathon zum Sommeranfang und wollte keine Trainingseinheit auslassen. (Fixe Idee, er nahm ohnehin nicht teil.) Ich dagegen hatte viel Zeit. Für das Magazin schrieb ich nur noch gelegentliche Kolumnen: darauf hatte ich mich mit dem Verleger geeinigt. Mein Name stand noch im Impressum, bei der Reserve verdienter Autoren, aber ich war nur ein besserer Briefkastenonkel.

Der Reise war eine lange Diskussion vorausgegangen. Wo sollten wir unsere WG aufmachen? Der Süden lockte, wegen des milden Klimas. Die Schweiz vielleicht, Tessin, Luganersee, weil Sterbehilfe dort legal ist, aber so genau hatten wir dieses Thema nicht besprochen. Hier und da gestreift, ja. Da gab es … eine gewisse Scheu. Und wenn das ein gewichtiges Argument sein sollte, hätten wir auch nach Holland fahren können. Das wollte aber niemand. Wir taten vorerst so, als ginge es um ein ausgedehntes, luxuriöses Ferienlager. Als wären wir noch in dem Alter, in dem die Sommerferien endlos schienen. Große Projekte gelingen selten ohne ein gerüttelt Maß an Selbsttäuschung.

Siegfried hatte immer für den Süden Deutschlands plädiert. Er wollte in der Nähe von Theatern und Museen bleiben, Berlin aber wegen der zurückliegenden Kalamitäten möglichst weit hinter sich lassen. Auch Heinrich konnte nichts weit genug entfernt sein: Er nervte uns mit phantastischen Ideen. Eine Südseeinsel wollte er kaufen; später wenigstens eine griechische. Er redete von Autarkie und selbstgezogenen Gurken. Und wo bauen wir die Rheumamittel an, die Pillen gegen Gedächtnisverlust? Weißdorn, Ginseng, Knoblauch, sagte Heinrich, alles kein Problem, alles Natur. Hör mir auf mit der Insel, sagte Siegfried, ich will doch keine Robinsonade mit euch vieren als greisen Freitags. Er hatte auch lange gegen die Gardaseereise opponiert; doch die Aussicht auf Opern in der Mailänder Scala machte ihn letztlich gewogen. Ernst war die Lage egal, solange Internet (damals noch etwas für Spezialisten) und eine stabile Stromversorgung verfügbar seien.

Ich war für den Süden, den jenseits der Berge. Dort, wohin auch die Dichter gezogen waren. Noch eine Höhe überwinden und dann … genau wusste ich es nicht. Aus meiner damaligen Perspektive als rüstiger Rentner, kaltgestellter Chefredakteur, der noch viele Jahre hätte arbeiten können, mutete das Alter wie eine unfreiwillige Geschlechtsumwandlung an – alles würde anders aussehen, ich würde anders empfinden, mit neuen körperlichen (Un-)Möglichkeiten. Und auch mir würde die Welt anders gegenübertreten. Einen Vorgeschmack erhält man, wenn der Busfahrer beim Aussteigen die Türschwelle absenkt und wenn einem in der U-Bahn zum ersten Mal ein Platz frei gemacht wird, und gratis dazu gibt es einen mitleidig-selbstgefälligen Blick.

Wir einigten uns auf eine Rundreise zu den oberitalienischen Seen. Gardasee, Idro-, Iseosee, dann rüber zu Comer See und zum Lago Maggiore. Ohne großen Plan, nur auf Sicht fahren und anhalten und die Lage sondieren.

Limone sul Garda, das nach den ersten paar Tunneln der Gardesana auftauchte, wollten wir eigentlich links liegenlassen, aber Heinrich verspürte einen akuten sentimentalen Schub: Als Bub war er einmal mit seiner Mutter dort gewesen. Siegfried lenkte den Kleinbus hinunter zum Ufer. Es war ein warmer Spätnachmittag, gegen Ende der Hochsaison. Ausflugsboote sammelten Tagesbesucher ein. Die bis dahin entblößten Bierbäuche zogen sich in Erwartung kühler Seebrise ihre mit sinnlosen Textfetzen dekorierten T-Shirts über. Man schleppte Tüten voller Souvenirs: Zitronenseife, Zitronenschnaps, Zitronenaschenbecher, Zitronenirgendwas. In ein paar Wochen würde das Publikum wechseln, dann liefen nur noch alte Leute herum, Männer in sandfarbenen Tausendtaschenwesten, Frauen in Bequemschuhen. Sanitätshaus-Chic.

Heinrich kaufte bei der ersten Eisdiele am Weg ein *gelato al limone,* obwohl es sicher nicht bio war, und schleckte glücklich daran herum. Er deutete auf alle möglichen Gebäude, an die er sich erinnerte, oder auch nicht. Er freute sich, als der antike Raddampfer anlegte. Er bekleckerte sich von der Kinnspitze bis zur Gürtelschnalle – o Gott, dachte ich, wir werden gar nicht älter, wir werden auf faltige Weise jünger. Wir checkten in einem Hotel am alten Hafen ein, ließen unser Gepäck aus dem Auto holen. Siegfried und ich tranken auf der über den See gebauten Plattform einen Aperitif, die anderen gingen schlafen. Ich kehrte die Krümel vom Tisch und ließ sie durch die Ritzen ins Wasser fallen. Ich glaube, ich fragte: »Sollen wir das wirklich?«

Siegfried, das war immer so gewesen, verstand gleich. »Meinem alten Freund Heinrich ein Lätzchen umhängen, ihm die Mundwinkel sauberwischen und ...?«

»Das und anderes«, sagte ich. Unaussprechliches. Unvorstellbares. Ich lehnte mich über die Brüstung. Fische, ein lockerer Schwarm, schoben mit trägen Flossenschlägen durchs Wasser. Karpfen sollen ja steinalt werden. Gehörten die als Schwarm zusammen, oder hatte sie nur ein gemeinsames Interesse vereint, die herabgekehrten Brotkrümel? Vielleicht auch kein gemeinsames, sondern das gleiche Interesse. Von uns hatte keiner den anderen nötig. Finanziell gesehen.

»Ist nicht so, dass ich mit euch zusammenleben *muss*«, sagte Siegfried, »ich stelle es mir einfach schön vor. Beruhigend. Ehrlich gesagt auch deswegen, weil mir vor euch nichts peinlich ist«, sagte er, »oder nur wenig.« Dann grinste er und sagte noch: »Außerdem weiß ich einiges über euch ...«

Später saßen wir, wieder alle fünfe, in einer Pizzeria am Kieselstrand von Limone. Steinchen glatt und sauber wie angelutschte Bonbons. Der See grau und samtig, gar nicht zu Wellen aufgelegt, die Schatten blau und warm. Der Himmel, bereit für die Nacht, zog sich gerade eine daunenfedrige Wolkendecke über. Ein wenig Gelb lag noch auf dem anderen Ufer, Malcesine und der Monte Baldo in nachlassender Sonne. Wir bestellten, tranken, sahen zu, wie das Gelb blass und blasser wurde. Das Essen kam. Familien schlenderten vorbei, warfen hungrige Blicke auf unseren Tisch, den Durchmesser und die Garnierung unserer Pizzen abschätzend. Ein Radio spielte aus angenehmer Distanz einheimische Schlager.

»Wenn ihr wüsstet, wie lange ich an dem Ersatz für diesen – wie heißt er …«

»*Die* Mozzarella«, sagte ich. Ich bin manchmal ein Besserwisser, gerade was Wörter und ihren Gebrauch angeht.

»… diesen Mozzarellakäse getüftelt habe. Der ist ja gut, aber viel zu teuer für die Industrie. Bis ich diese Elasti-*ziehhh*-tät erreicht hatte«, sagte Heinrich, nicht ohne Stolz in der Stimme. Er hatte wirklich etwas aus der Brühwürfelfabrik seines Schwiegervaters gemacht. Jeder kennt diese Makkaroni mit Tomatenzubereitungssößchendöschen, Würzpulver und Reibekäsetütchen: Heinrich hat die *Delikatoli* erfunden – sein größter Erfolg. Eigentlich hätte er *persona non grata* in Italien sein müssen. Wir sind in einer Zeit aufgewachsen, in der es noch nicht an jeder Ecke ein italienisches Lokal gab. Ich habe meine erste Pizza an der Adria gegessen. Oben, wo sie flach, trüb und sandig ist und wo man *deutsh* sprach. Das runde duftende flache Ding mit dem Fäden ziehenden Käse – so ganz anders als alles, was es zu Hause gab. Spaghetti: Meine Mutter ging kreuz und quer mit dem Messer durch, damit ich sie sicher löffeln konnte (sie ebenfalls). Das Kreischen des Messers auf dem Teller. Der Kellner mit diesem *O-ihr-teutonischen-Barbaren*-Blick. Inzwischen kann ich das einhändig mit der Gabel; das heißt, jetzt schon nicht mehr, wegen dieses Zitterns in der rechten Hand. Da rutschen die Spaghetti ab. Aber zerschneiden – nein. Da verzichte ich lieber.

Wir saßen und schauten, und der Wein wurde in den Gläsern warm.

»Ich weiß vielleicht ein Haus an einem anderen See, näher bei uns«, sagte Ernst. Eine Zeitlang sagte keiner von uns etwas. Das musste sich erst einmal setzen. Wir rutschten auf den Plastikstühlen herum, fünf gepflegte ältere Herren in guter Kleidung, polierten Schuhen und weißen Hemdkrägen, das eine oder andere Monogramm auf der Manschette. Gewiss kein italienischer Schick, aber solider deutscher Zwirn. Vielleicht schließe ich hier von mir auf die anderen: fünf Herren, die alles erreicht hatten, beruflich, privat, gesellschaftlich anerkannt; und sich dennoch unwohl und fremd fühlten. Mit Ausnahme Heinrichs vielleicht: Der befand sich noch auf seiner *sentimental journey;* aber das würde auch nicht mehr lange anhalten.

»Näher bei daheim, meinst du?«, fragte ich. Daheim – das wäre unsere Kleinstadt.

»Fahren wir zurück, morgen«, sagte Wilhelm, und Ernst: »Irgendwie ist das hier zu sehr Urlaub.«

»*Vedi Napoli, e poi muori*«, sagte Siegfried. »Siehe Neapel und stirb, in Goethes eigenen Worten.«

»Das können wir auch zu Hause erledigen«, sagte ich.

Unser Arkadien würde wohl nicht in Italien zu finden sein. Auch gut. Wir waren im Grunde fünf Jungs aus der

Kleinstadt, trotz allem, was wir erreicht hatten. Keine Kosmopoliten. Siegfried brachte uns wiederum rasend schnell zurück nach München, von wo wir uns auf unsere diversen Wohnorte verteilten. Nur um ein paar Wochen später wieder am Ufer eines Sees zu stehen.

7

D a drüben ist er ertrunken«, sagte Ernst und zeigte auf die andere Seite des Sees.

»Wer?«, fragte Wilhelm, der auf einem Gartenstuhl saß und sein Bein massierte. »Ertrunken« ist ein Wort, das wir aus bekannten Gründen vermeiden, aber im Überschwang hatte Ernst das wohl vergessen.

»König Ludwig.«

Wirr und alt am See: Dann kann ja nichts schiefgehen, dachte ich.

Ernst erläuterte weiter die geheimnisumwitterten Todesumstände des bayerischen Königs, dessen letzter Wohnort das Schloss gegenüber gewesen war. Geistige Umnachtung, erzwungene Abdankung, Entmündigung, Selbstmord, Mord. Irgendwie alles unsere Themen, obwohl das zu dem Zeitpunkt unter uns unausgesprochen, höchstens geahnt oder angedeutet war.

Wenn wir genau hinsähen, sagte Ernst, könnten wir auch das Kreuz im flachen Wasser erkennen.

Ich sah nichts. Der zugegebenermaßen sympathische Irre aus dem Hause Wittelsbach interessierte mich auch nicht besonders. Ich schaute lieber die ungemähte, spätherbstliche Wiese hinauf zum Haus. Unserem Haus. Meinem. Gut, gekauft hatte es Ernst. Der Großteil seines Vermögens war zwar in seiner Stiftung gelandet. Aber dafür hatte es noch gereicht, locker gereicht. Dafür: eine herrschaftliche Villa aus den letzten Jahren vor dem Ersten Weltkrieg. Mit Stuck und Jugendstil, entworfen von einem nicht unbekannten Architekten. Die Sonne stand gerade noch über dem First. Wir warfen lange Schatten auf den flachen Ufergrund im klaren Wasser. Enten und Blesshühner näherten sich hoffnungsvoll.

Ich habe in vielen Häusern an vielen Orten gelebt. Das ist jetzt das letzte, dachte ich an dem ersten Nachmittag auf unserer Wiese. Das letzte vor dem Holzhäuschen, in dem man die Arme nicht ausstrecken kann.

Fast schon Kitsch: Sonnenuntergang, goldener Herbst, ein depressiver Märchenkönig am Ufer vis-à-vis, ein schönes, aber leicht marodes Haus, das einiger Erhaltungs- und Instandsetzungsarbeiten bedurfte, bevor wir einziehen konnten. Und, ja, Einzugstermin sollte kurz vor Weihnachten sein. Ohne Familien, nur wir fünf. Es sollte, für jeden von uns, eine zweite Abnabelung sein.

Ernst hatte das Haus eigentlich für seine Software-Akademie vorgesehen gehabt; junge Menschen mit Potential sollten hier in die Kunst des Programmierens eingeführt werden, Fortgeschrittene des Fachs die höheren Weihen erhalten. Das war Ernsts Mission. Er glaubte, um die moderne Welt verstehen zu können, müsse man mit Computern reden können. Soll heißen: ihnen Befehle erteilen. Sonst ginge es andersherum, und früher oder später würden wir nur noch von diesen Dingern kommandiert und ausgehorcht, bis ins letzte Detail unseres Lebens. (Woran er nicht ganz unschuldig war.)

Nach der erfolglosen Italienreise änderte er sein Pläne. Er schickte uns Fotos und Pläne des Anwesens am See. Wir telefonierten untereinander und waren schnell der Meinung, dass solch eine Aussicht für Programmierer, die den ganzen Tag nur in Bildschirme starrten, grandios verschwendet sei.

Während Handwerker das Haus sanierten und seniorengerecht umbauten – beruhigende und doch verstörende Dinge wie breitere Türen, einen Treppenlift, Rollstuhlrampen, rutschfeste Bodenbeläge, höhenverstellbare Waschbecken und Arbeitsflächen, Haltestangen usw. –, begannen wir, unsere lieben Angehörigen, sofern vorhanden, auf die Neuigkeiten vorzubereiten.

Ernst und ich hatten damit kein Problem. Er war ohnehin ungebunden, meinen Kindern und geschiedenen Gattinnen war es egal, wo sie mich nicht besuchten. Eine Telefonnummer für Notfälle würde genügen, solange die finanziellen Verbindungen und Verpflichtungen aufrechterhalten blieben. Heinrichs Frau jedoch lief Amok. Sie ließ ihre Anwälte prüfen, ob Heinrich entmündigt werden könne, denn er besaß Anteile am Unternehmen und wichtige Patente. Dies alles sollte sich nicht wie Suppenwürfel im heißen Wasser auflösen, bloß weil der Herr Gemahl nur noch Grünzeug konsumierte und sich mit vier anderen verrückten Alten in einer verspäteten Kommune an einem mondänen Seeufer niederlassen wollte. Diese Attacken konnte Heinrich nur mit Mühe abwehren. Eine Vorsprache bei einem begutachtenden Psychiater war wohl wenig überzeugend verlaufen, denn Heinrich versuchte, ihn von den Vorzügen vegetarischer Ernährung zu überzeugen. Zu seinem Glück kam es während dieser Zeit zu einer Gesetzesänderung, die Entmündigungen deutlich erschwerte. Ein paar Jahre früher hätte wohl kaum ein Vormundschaftsrichter der alten Schule gezögert, dem Ansinnen der Frau stattzugeben. Ein solch profunder Wandel – vom konservativen, parteispendenden Lebensmittelchemiker zum missionierenden Müsli-Mann –, das konnte nur durch rasanten Verstandesverlust erklärt werden. Und wenn dabei das wirtschaftliche Wohlergehen eines bedeutenden Unternehmens in Gefahr geriet, erst recht. (Ein paar Jahre später kaufte Heinrich sich vollständig und endgültig frei, indem er der Firma seine Patente übereignete.)

Siegfried verabschiedete sich von seiner damaligen Freundin, überließ ihr die Wohnung in der Hauptstadt gegen ein Anrecht auf gelegentliche Besuche, falls es am See zu idyllisch oder wir zu unausstehlich werden würden. Über Wilhelms Loslösung erfuhr ich, erfuhren wir, am wenigsten. Sein Einzug vollzog sich in Etappen. Das erste Mal stand er mit einem Golfsack vor der Tür. Dann zweimal mit Koffern, als ginge er nur auf Urlaub. Er übernachtete zuerst auf einer Couch im Wohnzimmer. Einrichtungsgegenstände für seine Räume – Lampen, Nachttischchen, gerollte Matratze, Bettdecken und -wäsche – kamen mit dem Paketdienst, teils neu und ungebraucht, teils alt und verschrammt. Vor allem die Bettwäsche erstaunte uns. Grell gestreift – auf dem Kopfkissen kopulierende Marienkäfer – und der Spruch »Bin gut drauf«. (Später stellte sich heraus, dass er beim Einkauf auf die korrekten Maße, nicht aber auf die verkleinerte Abbildung des Dekors geachtet hatte.)

8

Anfang Dezember tranken wir zum ersten Mal im neuen Haus auf Martin, dem alten Brauch gehorchend. Die Handwerker waren noch nicht ganz fertig, es roch nach Farbe und nach Rauch, weil der Kamin nicht richtig zog.

»Und, wie findet ihr das jetzt?«, fragte Siegfried. Er sah uns an wie ein Regisseur, dem ein Haufen Laien auf die Bühne gestellt worden waren. Was tun mit diesen seltsamen Figuren, die noch nicht recht wussten, welches Stück hier gegeben wurde?

Mit Champagnergläsern standen wir da, wir hatten angestoßen, aber noch nicht getrunken, und das Prickeln ließ schon nach. Wenn keiner sich zuständig fühlt, bin meistens ich dran. Ich sagte:

»Auf Martin.«

Die anderen sagten: »Auf Martin.«

Danach schwiegen wir ein oder zwei Minuten; das ist Tradition. Ich weiß natürlich nicht, wer seine Gedanken wo hatte. Ich fragte mich, ob der See in diesem Winter wohl zufrieren würde; aber unser Einzug bezeichnete den Beginn einer Dekade unheimlich warmer Winter, in denen man wenig Schnee sah.

Dann sagte Heinrich: »Da wir schon einmal beisammenstehen, ich finde, wir sollten uns im Haus nur mit Hausschuhen fortbewegen.«

Siegfried fiel das Glas aus der Hand.

»Ja, dich meine ich, du läufst hier mit deinen eisenbeschlagenen Absätzen über das Parkett, das knallt bis hinauf.« Da war etwas dran: Siegfried liebte den markanten Auftritt. Kein Herumschleichen.

»Und wie wäre es mit Lüften, wenn du mal wieder Kohl gekocht hast?«, sagte Siegfried. Nicht jeder halte das für besonders appetitlich. Na, na, sagte ich leise. Ernst räusperte sich. Zurückhaltend war er immer gewesen, doch während des Umbaus und der allmählichen Besiedlung hatte er sich stärker als sonst zurückgehalten. Er wollte nicht den Hausherrn spielen, obwohl er das Haus gekauft und in eine Privatstiftung überführt hatte. Ernst sprach immer von »unserem Haus«. Er hatte auch keineswegs die besten Räume für sich behalten. Das hatten wir ausgelost, und ich hatte Glück gehabt, da eines meiner beiden verbundenen Zimmer auf den See hinaus ging. Der Vertrag, den wir alle unterzeichnet hatten, garantierte uns ein Wohnrecht auf Lebenszeit. Es galt: ein Mann, eine Stimme, bei einfacher Mehrheit, bei wichtigen Dingen einstimmig. Ein jeder zahlte den gleichen monatlichen Beitrag an die laufenden Kosten. Privatvergnügen bestritt man privat, Haus- und Gartenangelegenheiten aus einer reichlich versorgten Hauskasse.

Einmal, ich schob einen Karton über den Boden und hinterließ einen Kratzer in den Dielen, eilte Ernst herbei; er nahm sich jedoch sichtlich zurück und sagte nur leichthin: »Kann man rauspolieren.« Mir war das peinlich, und natürlich polierte ich die Spuren heraus, und zwar umgehend.

Vor dem großen Geld habe ich Respekt; nicht im Sinne von Hochachtung, eher vor der damit verbundenen Macht. Und der Leichtigkeit, die es den Menschen, manchen Menschen, verleiht.

Ich musste aufpassen, dass ich unter den vier großen Tieren – drei wohlhabend, wenn nicht sogar reich, einer, Siegfried, wenigstens von großartiger Attitüde – nicht so eine Art Aschenputtel abgab. Wenn wir gemeinsam aßen – ich rede nicht vom festlichen Dinner, bloß von einem gewöhnlichen Abendessen –, dann stellten Ernst oder Wilhelm eine 60-Mark-Flasche Rotwein auf den Tisch. Oder mehrere. Da konnte ich nicht mithalten, und obwohl mir diese Tropfen schmeckten, ließ ich ungern nachschenken, selbst tat ich es schon gar nicht. (Mit der Zeit lernte ich das – von Siegfried, der ging mit Subventionen aller Art locker um.)

Wegen der Hausschuhe – also, Ernst räusperte sich und sagte so etwas wie: Das solle sich jeder selbst aussuchen. Gerne innerhalb der Privaträume. Allerdings könne er sich einfach nicht vorstellen, neben dem Eingang, im Foyer, ein Pantoffelregal aufzustellen. Herumschlurfende Greise, igitt.

Wir öffneten noch einige Champagnerflaschen. Siegfried behauptete, er könne auf seine eisenbeschlagenen Budapester verzichten (tat er dann doch nicht). Es wurde noch recht lustig. Und die Lustigkeit übertönte – wohl nicht allein bei mir – ein zartes Unbehagen, zumindest eine Unsicherheit, was die Aussichten auf unsere Gemeinschaft betraf. Wir hatten alle unsere Gewohnheiten und Überzeugungen und diese ein Leben lang mehr oder weniger kämpferisch vertreten. Und natürlich nie zusammengelebt. Ich machte mich auf einige Entdeckungen gefasst.

9

Kurz vor Weihnachten hatten wir die Presse im Haus: Idee von Ernsts PR-Abteilung. Er war zwar nicht mehr im operativen Geschäft, aber im Aufsichtsrat. Alles, was einen innovativen Abglanz auf die Firma und besonders auf seine Softwarestiftung (die kam übrigens anderswo unter, und auch nicht schlecht) werfen könnte, sei von Nutzen, sagte er uns.

Wir anderen grummelten zuerst ein wenig. Die PR-Dame erschien dann persönlich und schmeichelte unserer Eitelkeit. Die bunte Illustrierte, die eine Reporterin und einen Fotografen schickte, machte uns zur Titelgeschichte: »Die Deutschland-WG«. Es war nicht weithin bekannt gewesen, dass der Software-Guru, der geniale Theatermann, der Food-Designer (war das Wort damals schon gebräuchlich? Ich weiß es nicht), die graue Eminenz von Deutschlands größter Versicherung und der Schöngeist (ja wirklich: ich hätte der Reporterin den Hals umdrehen können) allesamt aus derselben Kleinstadt stammten, einmal eine Jungsbande gebildet hatten – und dies nun, im reifen Alter, unerhörterweise wieder taten. Auf dem Titelbild sah man uns in betont lässiger Kleidung, in Reihe nebeneinander, hinter uns das Haus von der Seeseite, und wir hatten die Arme um die Schultern des Nachbarn gelegt. Die Journalistin hatte uns wirklich in die Tasche gesteckt; besonders Siegfried. Er konnte dem blonden Geschoss nicht widerstehen, bestand darauf, dass sie zum Abendessen blieb. Da präsentierten sich dann fünf Gentlemen, die sich (nicht ganz dem WG-Alltag entsprechend) zum Dinner umgezogen hatten, reichlich *Château Langoa Barton Saint-Julien* AOC konsumierten, über Jugendstreiche lachten (bis auf den einen) und auch sonst Anekdote an Anekdote reihten.

Half alles nicht wirklich: Der Artikel zu den Fotos steckte voller Fehler und Stilblüten. Es war eine Homestory nach Musterbuch. Man sah Wilhelm, der die Kühlschranktür öffnete und auf die Butterschale zeigte. Bildunterschrift: *Alles in Butter, auch im Kühlschrank: Hier wird brüderlich geteilt.* Siegfried, der die Reporterin durchs Haus führte, war immerhin so geistesgegenwärtig, Wilhelms Räume zu übergehen; man musste befürchten, dass er seine kopulierenden Marienkäfer aufgezogen hatte. Heinrich posierte in dem noch nicht ganz eingerichteten Gewächshaus mit irgendeinem Wintergemüse: *Signor* Delikatoli – *auf seine alten Tage ganz grün hinter den Ohren, und nicht nur dort: Alles öko für die Deutschland-WG.* Ernst wurde als *spiritus rector* des Ganzen gezeichnet. Er stand auf dem Foto neben einem seiner Computer und hielt einen Packen Endlosdruckerpapier in der Hand – wie symbolisch! *Der Computer-Pionier kennt das Programm für ein Altern in Würde und Stil – ein Haus, ein Garten und fünf Freunde.* Klar, sagten wir, Ernsts Idee, er hat uns drauf gebracht. Über die Italienreise sprachen wir nicht.

Was stand bei mir? So etwas wie: *Wer sagt, dass man die letzten Seiten im Buch des Lebens alleine aufblättern muss?*

Die Reporterin machte zwar die ganze Zeit, die sie bei uns war, Ah und Oh, und Wie toll! und Beeindruckend!, aber einen gewissen herablassenden Unterton vermeinte ich in ihrem Text schon zu verspüren. Ich überlegte, ob ich den Chefredakteur dieses Magazins anrufen sollte, um mich zu beschweren. Peinlich war das allerdings nur mir. Die anderen Herren der »Deutschland-WG« guckten sich ihre Bilder wohlgefällig an. Und viele andere Leserinnen und Leser. Wir erhielten massenhaft Briefe und Postkarten. Die Zeitungen telefonierten und das Privatfernsehen. Eine Enquête-Kommission »Neuartige Wohnformen im Alter« des Deutschen Bundestages kündigte sich an und kam doch nicht. Gerüchteweise hieß es, unsere WG erscheine zu elitär. Natürlich, das war sie auch.

Wir ließen es mit der einen – weithin zitierten und in Kurzfassung von den Agenturen verbreiteten – Geschichte gut sein. Jetzt wusste jeder, wo wir abgeblieben waren. Wer musste, konnte uns finden. So auch Wilhelms Frau, die bald nach der Veröffentlichung mit einem gemieteten Kleinbus (samt studentischem Helfer) vorfuhr und kommentarlos eine Menge Kleinmöbel, Kisten, Taschen und Plastiktüten an der Türschwelle ablud. Wilhelm kam erst heraus, als sie schon wieder weg war, und sagte: Ah, meine Käfersammlung, endlich.

Eigenheiten. Jeder hat welche. Nur weil wir einmal eine Jungsbande gewesen waren, bedeutete das nicht, dass wir alles voneinander wussten. Es gab Überraschungen.

Weihnachten verlief still und ruhig. Ernst kaufte und schmückte den Baum, Siegfried und Heinrich kochten gemeinsam (friedlich), Wilhelm und Siegfried spielten ein paar Stücke am Klavier, und ich las aus der *Weihnachtsgeschichte* von Charles Dickens. Vereinzelt meldeten sich Angehörige und Bekannte am Telefon; meine erste Frau, von der ich zweieinhalb Jahre nichts gehört hatte, fragte mit verdruckster Neugier nach meinem Wohlergehen. Es klang ein wenig, als funke das Basislager zu den in Schnee- und Eissturm ausharrenden Bergkameraden: Wie geht's euch dort oben?

Ähnliches hörte ich bei den Freunden mit: Nein, nein, alles gut. Wir verstehen uns großartig. Ja, ja, alles in Ordnung. Natürlich. Bitte, wir kennen uns doch schon ewig. Siegfried kocht meistens. Mein Gott, es gibt Wäschereien, die auch bügeln. Nein, bitte, für Besuche ist es noch zu früh.

Zur Christmette ritten wir in die Dorfkirche ein wie die Glorreichen Sieben. Das war nicht unbedingt so beabsichtigt gewesen. Aber die Dörfler und auch die Zugezogenen der Loden- und Seeblick-Fraktion wichen zur Seite, als wir in Fünferformation auf das Kirchenportal zugingen. Ich vermute, es war der Hauch verwegener Prominenz, der uns umwehte. Im Dorf wurde gemunkelt. Nicht dass ich das einmal gehört hatte; ich merkte nur, wenn ich allein oder mit einem der Freunde im Dorfladen einkaufen ging, dass es still wurde, so still, dass man nur noch die Kühltruhe surren hörte und das *sssit-ssit* der Wurstschneidemaschine. Wer weiß, was die uns alles zutrauten. Da war es doch wohl ganz vorteilhaft, sich – wenigstens einmal – sittsam in der Dorfkirche zu zeigen.

Wir saßen in der zweiten Reihe, und ich spürte eine

Menge Blicke im Rücken. Der Pfarrer dröhnte von Herbergssuche, dass man niemanden von der Schwelle weisen solle, und so weiter. Das traute Heim, die Familie – für meinen Geschmack ritt er zu sehr auf dem gewöhnlichen Familienbegriff herum. Wir – wir fünf Alte – lebten zwar nicht in einem Stall, keineswegs. Aber in einer Gemeinschaft, die auf die Unterstützung, Unterhaltung und Tröstung des anderen hin angelegt war: worunter ich letzlich Familie verstehe. Und nicht bloß dieses abgedroschene Vater-Mutter-Kind-Doppelhaushälfte-Idyll.

Die Christmette samt Predigt hing vor allem mir und Heinrich noch eine Weile nach. Allesamt jedoch fühlten wir uns – nach Presseresonanz und anderen Effekten – gebauchpinselt. Wir waren so modern. Fast Avantgarde. Auf einmal gar nicht mehr so ausrangiert, wie Siegfried und ich uns ab und zu fühlten, und nicht ausgesetzt, wie Wilhelm und Heinrich es empfanden. Dynamische Alte. Aber nicht wie die Typen in der Haftcreme-Werbung für die dritten Zähne, die Braungebrannten mit den lässig um die Schultern geschlungenen Kaschmirpullovern und den silberhaarigen Perlenkettenträgerinnen, die als treue Ehefrauen posierten. Nein – echt modern, wie nur die Idee, deren Zeit gekommen ist, modern sein kann.

Einen schönen großen Raum unter dem Dach hatten wir noch frei. Es wurde der erste Test unserer demokratischen Abstimmungskultur, wenn man einmal von der Pantoffelfrage absieht. Siegfried opponierte, Wilhelm zog nicht recht mit. Erst als wir das Ganze als »gesellschaftliches Experiment« formulierten – mit »Schleudersitzklausel« –, das nach einiger Zeit geprüft und bei fehlender Einstimmigkeit abgebrochen werden könne, machten die beiden mit: Wir gingen auf die Suche nach einem sechsten Mitbewohner. – Ob das die sublimierte Suche nach dem sechsten von uns original sechsen war, kann getrost psychologischen Spekulationen überlassen bleiben.

Wir waren offen für fast alles; Frauen allerdings wollten wir nach wie vor nicht zulassen. Der Kandidat hätte, dachten wir, auch ein ganz normaler Mensch sein können, vielleicht ein mittlerer Angestellter, ein Beamter. Ein Arbeiter sogar. Ein Handwerker wäre praktisch gewesen. Klempner, Schreiner, Gärtner. Nicht um jemanden einzusparen, das konnten wir uns schon leisten – als Ausgleich, Gegengewicht. Rückblickend betrachtet war sie vielleicht nicht in allen Einzelheiten durchdacht, unsere Idee.

Eine Woche lang trafen wir uns jeden Abend am Küchentisch, um die Anzeigen zu formulieren.

»Als Überschrift: Platz frei in einer exklusiven Senioren-Wohngemeinschaft in Villa am See«, schlug ich vor.

»Platz frei«, sagte Ernst, »klingt so profan. Wir sind doch kein Bus.«

»Wie wäre es mit: Die *Seenioren-WG*«, sagte Heinrich und wir sahen ihn fragend an. »*See*-nioren«, sagte er, »wegen der Seelage.«

»Ich finde aber nicht, dass sie Seeblick haben sollten, diese anderen«, sagte Wilhelm, der manchmal etwas kleinlich sein konnte, »außerdem erinnert mich das an diese albernen Kindergartennamen, die man in der Stadt überall sieht: die Kleinen Rotznasen, Tarzanmäuse oder Wichtelakademie …«

»Auf uns passt wohl eher: Die Kotzbrocken«, schlug Siegfried vor, »oder Die alten Säcke.« Wir kamen auf noch ein paar andere Ideen – »Schrumpfwichtel«, »Rollator-

Rambos«, »Senile Krokodile«, »Haus zur ewigen Dämmerung« –, blieben dann doch beim neutralen »Lebens- und Wohngemeinschaft älterer Herren«. Schließlich wollten wir keine Spinner anziehen.

Ernst schaltete Kleinanzeigen in einem Golfmagazin und in der intellektuellen Wochenzeitung, die gelegentlich Leserbriefe von Siegfried druckte. Der Ansturm war riesengroß. Ich hatte ja keine Ahnung, wie viele Menschen von einem »Lebensabend« wie dem unseren träumten. Leider gab es keine Bewerbungen von Handwerkern. Und bei den Beamten auch niemand von der Kfz-Zulassungsstelle, sondern keiner geringer als *Ministerialdirigent i. R.* Leute, die sich alles kaufen konnten, abgesehen von Freunden.

11

Was für ein Spaß. Wir ließen sie der Reihe nach antanzen. Vortanzen. Mit ihren Kindern, so vorhanden, denn man will ja wissen, mit wem man es zu tun bekommt, wenn die Alten schwierig werden. Im Ernstfall müssten die sie ja wieder abholen. Einen Sturkopf, der sich in seinem Zimmer verbarrikadierte, oder einen, der heimlich in den Weinkeller ging, konnten wir nicht brauchen. Bei den Auswahlsitzungen präsidierte Siegfried, mit Wilhelm und Heinrich als Beigeordneten, ich führte Protokoll, während Ernst die Kinder der Kandidaten durchs Haus und durch den Garten an den See führte und dabei vorsichtig aushorchte.

Unter den ersten Bewerbern war ein gewisser – nennen wir ihn von Bühler. Gewesener Vorstandsvorsitzender eines großen deutschen Konzerns, er hatte wegen eines Schmiergeldskandals gehen müssen. Er sei nun mal ein leidenschaftlicher Teamplayer, fing von Bühler an. (Vom von ließ er nicht. Ich sprach ihn einmal ohne an, er korrigierte mich sofort.) Aber, klar, er sei es gewohnt, im Team die Richtung anzugeben. Wozu sonst habe er den Bundeskanzler beraten, all die Jahre.

Siegfried wies ihn darauf hin, dass wir keine Firma seien und auch keine Fußballmannschaft, nur eine Gruppe älterer Herren und noch älterer Freunde. Wir bräuchten niemanden, der das Fernsehprogramm bestimmen wolle, und beratungsresistent seien wir schon längst. Es komme eher darauf an, den Mitbewohnern ihre Ruhe zu lassen und aufforderungslos den Müll rauszutragen, also ohne dass vorher ein Meeting einberufen würde.

Wir hatten ganz sicher keine Lust auf eine feindliche Übernahme. Wieso konnten diese Typen selbst im dritten Jahr ihres Ruhestands nicht von Tyrannosaurus Rex auf Labrador umschalten? Oder wenigstens Dobermann?

Na, das könne man doch mit einer ordentlichen Org Chart regeln, sagte Bühler: Die Müllsache lasse er von seinem Chauffeur erledigen. Apropos: Wo solle der denn wohnen? Und der Personenschutz, die Herren bräuchten zumindest einen Aufenthaltsraum? Wir sahen einander an. Unsere mangelnde Begeisterung übertrug sich sogar auf Dr. von Bühler. Er versuchte es mit einem letzten Anlauf. Wir trauten unseren Ohren nicht.

»Ich kann Ihnen – uns – günstige Haushaltsgeräte besorgen. Ich genieße noch immer den Mitarbeiterrabatt. Den haben sie vergessen zu streichen, die verdammten Putschisten«, sagte er. »Staubsauger? Spülmaschine?«

Ach nein. Der war es sicher nicht. Es half auch nichts, dass nach der Verabschiedung sich einer seiner Söhne an mich heranschlich und mir rundheraus einen Tausender monatlich extra versprach.

Unter den weiteren Kandidaten trat ein »Jürgen Altmann« an, einst Chef der Staatsbahn und einer Fluglinie. Den Mann wollten wir eigentlich gar nicht einladen; ein zweifelhafter Ruf eilte ihm voraus. Aber dann interessierte uns doch, wie er sich das vorstellte. Als er mit dem Wagen anbrauste, hinterließ er in der gekiesten Auffahrt hässliche Furchen. Er wollte zuerst die Garage sehen, ob noch genug Platz für seinen dicken Audi sei. Im Salon ließ er sich unaufgefordert und breitbeinig auf dem Sessel nieder, auf dem sonst Siegfried saß. Für einen anderen Kandidaten wäre das Gespräch an diesem Punkt bereits beendet gewesen. Nach etwas Geplänkel fragte Siegfried so höflich, wie es ihm nach dem Start gelang:

»Wie würden Sie sich denn hier einbringen wollen, Herr Altmann?«

»Na ja, zuerst würde ich einmal die Auffahrt ordentlich asphaltieren lassen und die Abstellmöglichkeiten für die Automobile deutlich erweitern. Sie wissen, hahaha, ich denke da in Hangardimensionen. Keine Sorge. Das manage alles ich.«

»Haha«, sagte Siegfried. Und zu uns: »Hat noch jemand eine Frage an Herrn Altmann?«

Wir schwiegen alle betreten. So wie Altmann hätten auch wir vor einigen Jahren noch geredet. Und dabei die Faust geballt.

»Sie hören dann von uns«, sagte Siegfried und wollte zum nächsten Kandidaten übergehen. Aber Altmann war pikiert:

»Na, was soll denn das? Wer ist hier der Entscheider? Wir können uns doch auf der Stelle committen.«

Bei diesen Auswahlsitzungen saßen die Kinder der Bewerber meist dabei, mit gerunzelter Stirn und sorgenvollem Blick. Wir grillten sie anschließend auch noch in Abwesenheit ihrer Erzeuger.

»Ist er geimpft?«, fragte Wilhelm gerne. »Wissen Sie, wir sind alle nicht mehr so widerstandsfähig. Wenn hier einer die Masern einschleppt …«

Ein junger schnieker Bursche zog doch gar das Impfbüchlein seines Vaters hervor und sagte: »Wenn Sie möchten, können wir zudem ein aktuelles Gesundheitszeugnis beibringen.«

»Ja, ja, aber kann er sich eingliedern? Nimmt er anderen die Spielzeuge weg? Wälzt er sich schreiend auf dem Boden, wenn etwas nicht nach seiner Vorstellung läuft?«

Die Kinder wollten da wohl gerne zurückfragen: Seid ihr schon gaga? Aber sie beließen es bei einem verbindlichen, leicht verzerrten Lächeln. Nur nichts vermasseln. Hauptsache, der Alte war untergebracht. Gerne auch unter Irren.

Und dann Siegfrieds Lieblingsfrage: »Wie würden *Sie* sich denn hier einbringen?« Worauf die meisten erst einmal recht dumm aus der Wäsche schauten, während Siegfried erläuterte: »Zum Beispiel den Rasen unseres nicht ganz kleinen Grundstücks mähen. Oder wenn eine Renovierung ansteht, mit anpacken beim Malen, solche Dinge. Persönliches Engagement ist uns wichtig. Mobil bleiben und so. Wir sind ja kein Hotel hier.«

»Kein Problem«, erklärte der jeweilige Kandidat flink und strahlte den Nachwuchs an, aber Sohn und/oder Tochter zischten bemüht lächelnd aus dem Mundwinkel etwas wie »Pa*pa*, ich wohne in *Hamburg* …«. Worauf Papa gelegentlich bemerkte: »Aber übers Wochenende zum Shoppen nach London oder Rom, das geht, ja?«

Uns dämmerte bald, dass wir an dem Zuwachs keine rechte Freude haben würden. Die Kandidaten erhielten allesamt mehr oder weniger freundliche Absagen. Später nannten wir die vierzehn Tage des Kandidatenvorsprechens die Varieté-Wochen. Wir wussten gar nicht, dass es so viele Bauchredner und Flatulenzkünstler gab; ich meine, in diesen Kreisen.

Unsere Eltern hatten wir im Großen und Ganzen unbetrauert dahinziehen lassen, aber an der Sargausstattung sparte keiner von uns. Unsere Frauen hatten uns verlassen, völlig zu Recht. Siegfried und mich gleich mehrfach. Die Kinder, die wir kaum kannten (wie auch? Wir arbeiteten viel), hielten wir mit regelmäßigen Überweisungen und später mit generösen Geschenken auf Distanz, für die Enkel legten wir Sparbücher an. Ihnen reichte das. Uns auch. Das alles ist vielleicht zu allgemein dahingesagt, deshalb eine kurze Familienaufstellung der Beteiligten zum Zeitpunkt unseres Einzugs in die Wohngemeinschaft.

Wilhelms Scheidung lief da gerade. Seine Frau ist ebenfalls Juristin. Sie spezialisierte sich früh auf Familienrecht und wurde die erste und bekannteste Scheidungsanwältin der Nation. Sie sagte oft: *Meine Mutter war eine Trümmerfrau … Kunstpause … ich auch.* Offenbar hatte sie ein Gespür dafür, dass hinter den bundesrepublikanischen Wirtschaftswunderfassaden eine Menge an bröckelnder Materie darauf wartete, kultiviert und für beide Seiten finanziell annehmbar auseinanderdividiert zu werden. Sie arbeitete natürlich nicht für den Fischer und seine Frau, sondern für die oberen Zehntausend. Beide waren sie fast so oft in den bunten Blättern wie Siegfried. Ein *smart couple,* irgendwie amerikanisch. Meinen ersten Dry Martini trank ich bei ihnen. Die Gläser bewahrten sie im Gefrierfach auf. Ich war damals ein Philosophiestudent weit fortgeschrittenen Semesters in derselben Stadt, probierte es mit einem Vollbart, und Wilhelm lud mich, den »Sparmarx«, gerne als Bürgerschreck dazu, wenn seine Versicherungs- und ihre Anwaltskollegen die Vor- und Nachteile von Oliven oder Zitronenschalen im Martini erörterten.

Ich war zweimal verheiratet. Meine Kinder aus der ersten Ehe sehe ich sehr selten. Meine erste Frau schon ewig nicht mehr. Mit der zweiten telefoniere ich dreimal im Jahr. Ihretwegen halten sich meine Kinder von mir fern. Als ich hier einzog, in die WG, haben sie wohl aufgeatmet. Wird sich jemand anders um den ungeliebten Alten kümmern. Sie täten es, wenn sie müssten, ihre Mutter ist Pfarrerin – Theologie und Philosophie gehen eben doch nicht zusammen –, und das wohlanständige Äußere ist Pflicht. Aber ich habe definitiv keine Lust, dass Zähneknirschen der Soundtrack meiner letzten Tage wird. Ich könnte es niemals ertragen, das Objekt der Fürsorge (echt oder geheuchelt) meiner Kinder und meiner Exfrauen zu werden. Ich habe mein Leben geführt, sie ihres, und an ein finales familiäres Idyll am Sterbebett glaube ich nicht.

Wilhelm und seine Frau bekamen bald zwei Kinder, eine Tochter und einen Sohn. Die wurden alsbald einer Kinderfrau überantwortet, da Wilhelms Gemahlin schnellstmöglich wieder in den Beruf wollte. Die Tochter lebt, soweit ich weiß, in Alaska, ist Managerin einer Zuchtlachsfarm. Der Sohn, Carl genannt übrigens, leitet die Geschäfte einer Lackfabrik und hat sechs Kinder. Wilhelms Frau hatte sich schon zur Ruhe gesetzt; die letzte Scheidung, die sie angriff, war ihre eigene. Sie hatten eh lang miteinander – mehr oder weniger – durchgehalten.

Heinrich hat keine Kinder. Seine Frau hat ihm das übelgenommen. Sie dachte stets dynastisch, es wäre ihr ein Herzensanliegen gewesen, die Suppenwürfelfabrik in die Hände eines (bevorzugt männlichen) Erben zu legen. Sozusagen den Suppenlöffel nicht ab-, sondern weiterzugeben. Sie verdächtigte die chemischen Substanzen, mit denen Heinrich experimentierte, die Qualität seiner Spermien herabgesetzt zu haben. (Auf die Expansion der Firma und den wirtschaftlichen Erfolg hätte sie aber auch nicht verzichten mögen.) Seine Frau ist mir oft in den Ohren gelegen, früher, als wir uns gelegentlich »mit Anhang« trafen. Sie ist der zutrauliche Typ. Wenn sie jemanden anschwärzen will, und sei es ihr eigener Ehemann, dann ist sie mit jedem per du. Sie verkaufte die Fabrik schließlich an Nestlé oder Kraft. Wenn Heinrich sich nicht früher schon hätte auszahlen lassen, er wäre nicht nur reich, sondern superreich. Er ist nie geschieden worden.

Ernst und Siegfried sind ohne Anhang. Von Ernsts Frauen weiß ich wenig; abgesehen von einer Sandkastenfreundin. Er machte den Trauzeugen bei meiner ersten Hochzeit, brav und korrekt. Das Konzept solch einer Bindung (noch dazu einer »ewigen«) verstand er nicht.

Dass Siegfried keine (bekannten) Kinder hat: nur Glück. Oder schwache Spermien, wie bei Heinrich. Siegfried sah blendend aus. Jung und mephistotelisch, auch jetzt noch. Im Grunde wohl ein guter Geschäftsmann. Die Schauspielerinnen und Regieassistentinnen ließen sich auf den Handel ein, den er bot. Ich glaube, er hat sie auch nie betrogen, in dem Sinne. Gelegentlich, wenn er seine *Theater heute* liest, tippt er auf Bilder und sagt: Die hier war Regiepraktikantin bei mir, übernimmt jetzt die Kammerspiele. Hab sie damals ans Burgtheater vermittelt.

Er bespielte, sozusagen, immer zwei Bühnen: die des jeweiligen Theaters, das er leitete, und eine private. Auf beiden gab es Klassiker und Experimentelles. Experimentell war die isländische Dramatikerin Ende der siebziger Jahre. Die nahm Einfluss auf seine Inszenierungen – das hielt nur eine knappe Spielzeit. Ein Klassiker war die blonde Endzwanzigerin aus der deutschen Provinzstadt, die in allen Epochen seines Schaffens zeitweise an seiner Seite auftauchte. Wir begannen irgendwann, sie zu nummerieren: Gretchen I, Gretchen II …, bis das auch nicht mehr lustig war.

Kann schon sein, dass die eine oder andere ihm ihre Karriere verdankte. Aber aus all diesen Tändeleien waren keine Restschulden geblieben. Siegfried war so einsam auf der Welt, wie nur einer ist, der immer mitten im Trubel stand. Ernsts Unternehmen ist in eine Stiftung überführt. Die Mitarbeiter sind in großem Stil beteiligt. Von uns ist er am ehesten mit der Nachwelt im Reinen. Wenn ihn heute der Schlag treffen sollte, alle seine stillen Programmierungen würden geschmeidig weiterlaufen, auch unser Todesengelprogramm. Das hat er uns jedenfalls versprochen.

13

Ich habe mich in meinem Leben für genau vier Vögel interessiert: die Lerche, die Amsel, den Spatz und den Mauersegler. Was nicht heißt, dass ich ein Vogelkundler wäre. Durchs Gebüsch strolchen und unsere gefiederten Freunde mit dem Fernstecher anvisieren: nichts für mich. Ich bin zufrieden mit der beiläufigen Begegnung. An Vögeln gefällt mir das, nun ja, Flüchtige. Wenn ich an die vier Lebensalter denke, denke ich an diese vier Vögel.

Von der Lerche weiß ich nicht einmal, wie sie aussieht. Ich kenne nur ihre Stimme. Die Lerche ist der Vogel meiner Kindheit, sie ist der Vogel des Morgens, meinetwegen der aufgehenden Sonne. Ein körperloses, unsichtbares Geschöpf, ewig munter, mitunter eintönig, aber laut. Sie steht irgendwo in der Luft und singt: Hier bin ich, aber niemand kann sie sehen. Mit ihr beginnt der Ernst des Lebens; siehe *Romeo und Julia,* dritter Akt, Szene fünf: *Es war die Nachtigall und nicht die Lerche. Glaube mir, Liebster, es war die Nachtigall.* (Es war dann doch die Lerche, wie jeder weiß.)

Die Amsel ist der Vogel meiner Jugend. Dieser Vogel wäre gern eine Nachtigall, aber so ganz reicht es dazu nicht. Dieses Sehnen kann ich nachvollziehen. Die Amsel singt gegen die Dämmerung, vor Sonnenaufgang oder nach Sonnenuntergang, in der blauschwarzen Tageszeit, im Frühling. Singt an gegen den Schmerz eines Teenagers; der einzige Vogel, der Untergang und Hoffnung zugleich besingt. Klingt immer fern und entrückt, auch wenn er auf dem nächsten Dachfirst sitzt. Höre ich die Amsel, muss ich immer an meine Gedichte denken und an all das, was nicht aus mir geworden ist. Gnädigerweise singt die Amsel so lange auch wieder nicht, sonst wäre ich schon früh trübsinnig geworden.

Die Sperlinge (Spatzen sagt man bei uns), das sind die Vögel meines gesamten Erwachsenendaseins. Geflatter und Geschrei, immer in Bewegung, immer in Gesellschaft. Der Spatz ist der atemlose Vogel, der Vogel, der sich für einen Pfau oder Adler oder beides hält, obwohl er sich stets um die Krümel balgen muss. Wenn ich den Spatzen so zusehe, glaube ich, dass auch sie Herzinfarkte bekommen. Oder Schlaganfälle. Mitten im Gezeter fallen sie um. Piep – aus.

In meinem jetzigen Lebensalter ist der Mauersegler mein liebster Vogel. Ich notiere den Tag im Kalender, wenn ich den ersten sehe, und ich notiere den Tag, an dem ich sie nicht mehr über den Dächern schreien höre. Wenn sie weg sind, fehlen sie mir. Viele Menschen verwechseln sie mit Schwalben. Das kann auch leicht passieren. Sie sind so schnell, dass das Auge sie kaum erfassen kann. Mauersegler können monatelang in der Luft bleiben. Sie essen, trinken, scheißen – alles im Flug. Sie schlafen im Flug. Ich glaube gern, dass sie sich sogar im Flug begatten. Nur das Brüten geht nicht fliegend. In *Brehms Tierleben* steht: *Der Mauersegler ist ein herrschsüchtiger, zänkischer, stürmischer und übermütiger Gesell, der streng genommen mit keinem Geschöpfe, nicht einmal mit seinesgleichen in Frieden lebt und unter Umständen andern Tieren ohne Grund beschwerlich fällt.* Einer wie wir.

Apus apus ist sein zoologischer Name. Ohne Füße, heißt das. Die antiken Naturbeobachter sahen die Vögel nur in der Luft, also hatten sie keine Füße, diese Vögel. Ich bewundere die alten Weisen: Die Welt ist so kompliziert, wie du sie machst. Kannst du nicht stehen, so fliege.

Die Wahrheit ist: Sie gebrauchen sie selten, aber sie haben Füße. Ich fand einmal einen toten Mauersegler auf der Straße. Sie haben kleine, zarte Krallen, versteckt im Gefieder. Vielleicht wundern sie sich selber darüber, die Mauersegler. Ich möchte ihnen stundenlang zusehen. Muss aber ein bisschen aufpassen, damit ich mir nicht den Hals verrenke, bei ihren blitzschnellen Manövern. Mir gefällt die Vorstellung, dass sterbende Mauersegler einfach die Flügel falten und zu Boden stürzen. Ich weiß nicht, ob das wirklich so ist. Vielleicht landen sie für den Fall auch, trippeln ein wenig auf ihren zarten Krallen herum und suchen sich ein Plätzchen und kippen einfach um. Aber das kann nicht sein, das darf nicht sein. Das wäre unwürdig. Sicher kann man das herausfinden, heute sowieso, mit Internet und solchen Dingen, natürlich. Doch manchmal muss man sich vor Wissen schützen. Der Mauersegler legt die Flügel an und will nicht mehr fliegen. So soll es auch mit mir zu Ende gehen.

14

Herr, gib ihm die ewige Ruhe, sagt der Pfarrer. Nun ja, sagt das Gesetz, ewig, das ist so eine Sache. Dieses Gesetz heißt für uns, also hier, wo wir unsere Wohngemeinschaft aufgeschlagen haben, BestG: *Bestattungsgesetz.* Wir lesen im Abschnitt 2, nachdem wir schon ein wenig betroffen und unangenehm berührt über Abschnitt 1, *Leichenwesen und Bestattung,* hinweggeflogen sind:

Artikel 10, Ruhezeiten.

Der Friedhofsträger bestimmt Ruhezeiten für Leichen und für Aschenreste Verstorbener. Die Ruhezeit für Leichen ist nach Anhörung des Gesundheitsamts unter Berücksichtigung der Verwesungsdauer festzusetzen.

»Seht ihr«, sagte Wilhelm, »von daher sollte das doch gar kein Problem darstellen. Wir holen den kleinen Martin in die WG.«

Jeder von uns sagte »der kleine Martin«. Er war tot, aber jung. Durch eine eisige Scheibe hatten wir ihn zuletzt gesehen. Das blieb, dieses Bild, bei mir jedenfalls; ein eiskalter Splitter in meinem Herzen, im Gedächtnis. Ich hätte ihn nicht – sozusagen restkörperlich – in unserer Nähe gebraucht.

Natürlich hatte Wilhelm recht, die Ruhezeit für Martin war längst abgelaufen. Man musste wohl nicht annehmen, dass er in der Erde des Kleinstadtfriedhofs zur Mumie geworden war. Theoretisch hätte man ihn – seine Überreste – ausgraben und woanders wieder begraben können. Das leuchtete uns allen ein.

»Gut, *falls* wir ihn rausholen«, sagte ich, »und dann?«

»Wenn er in einer Urne wäre, könnten wir ihn aufs Kaminsims stellen.« Allerdings war es damals keine Feuerbestattung gewesen. An das rechteckige schwarze Loch, in das der kurze Sarg gesenkt wurde, kann ich mich gut erinnern. Die Erde verschluckte den kleinen Martin, und in den Worten des Pfarrers war das nur logisch. Der Erde bist du entnommen, der Erde wirst du gegeben, oder so ähnlich. Ich bin kein Kirchgänger, nie gewesen. Im Wasser gestorben, in Erde bestattet. Wenn man nun – falls wir das überhaupt machten – die Überreste, sicher nur ein Häuflein Knochen, verbrennen würde … Ich sagte etwas in dieser Richtung, aber die anderen schüttelten die Köpfe. Wilhelm wollte einen Grabstein. Oder ein kleines Monument, ein Tempelchen mit schmiedeeiserner Tür. Ein weinender Engel.

»Aber muss das nicht in geweihtem Boden stattfinden, das Begraben?«, fragte Ernst.

»Ein Pfarrer kommt mir nicht aufs Grundstück«, sagte Heinrich. »Hier mit Weihwasser herumspritzen, pfui Teufel, vielleicht noch auf meine Tomaten.«

Wilhelm seufzte und blätterte im *BestG*. »Von *geweihter Erde* steht hier gar nichts. Mehr über Grundwasserschutz und solche Dinge.«

Siegfried sagte: »Es gibt ja schließlich Atheisten. Die würden sich in geweihter Erde nicht wohl fühlen, oder?«

Wilhelms alte, fixe Idee, den kleinen Martin umzubetten, war schon fast vergessen gewesen, als er wieder darauf kam. Niemand verstand, warum. Wilhelm war in den letzten Jahren schon sehr seltsam geworden. Schon vor der Amputation. Er weigerte sich, die Schnürsenkel seiner Schuhe zuzubinden. »Ich bin noch nie über meine Schnürsenkel gestolpert«, behauptete er. Heinrich versuchte ihn von Klettverschlüssen zu überzeugen, denn natürlich fiel Wilhelm hin – und wieder. Wir kauften ihm solche Socken, wie Kleinkinder sie tragen, mit gummierten Mustern auf der Sohle. Die mochte er. Er ging sogar hinaus, auf Socken, bei jedem Wetter. Wir platzierten Gummistiefel an jeder Tür, die nach draußen führte, in der Hoffnung, er würde sie anziehen. Tat er nicht, aber die Schuhprobleme entfielen dann ja einige Zeit später. Zumindest für einen Fuß.

Er fing also wieder mit Martin an. Zum Frühstück, zu Mittag, zu Abend. Wir versuchten es als wirre Idee abzutun. Aber netter ausgedrückt. Warum willst du den armen kleinen Martin herumzerren? Der hat es gut dort. Wir sind doch kein Friedhof. Das geht doch nicht.

Irgendwann dämmerte uns, dass wir keine Ruhe mehr finden würden, wenn wir nicht Martins ewige Ruhe in irgendeiner Art und Weise antasteten. Es gab eine WG-Versammlung. Tagesordnung: Umbettung Martin. Als Jurist hatte Wilhelm sich natürlich vorbereitet. Jetzt las er wieder aus dem Text:

Artikel 12, Beisetzung außerhalb von Friedhöfen, Abschnitt (1), Satz 1: Beisetzungen außerhalb von Friedhöfen sind mit Genehmigung der zuständigen Behörde zulässig.

»Martins Mutter ist längst tot. Geschwister gibt es nicht.

Wenn nicht wir seine Grabstätte finanzieren würden, wäre sie längst aufgelöst. Wir argumentieren mit unserer Gebrechlichkeit. Friedhofsbesuche am jetzigen Ort sind uns nicht zumutbar. Dieser Friedhof ist nicht rollstuhlgängig.«

»Glaubst du, das reicht?«, sagte Siegfried. »Da würde sich ja jeder seine Vorfahren in den Vorgarten legen.«

»Oben der Gartenzwerg, unten Mutti«, witzelte ich, aber niemand lachte. Die freundeten sich mit der Sache mehr und mehr an. Wie gesagt, von mir aus hätten wir auf die Umbettung verzichten können. Die Genehmigung der zuständigen Behörde sei wohl kaum ein Problem, meinte Wilhelm. Da könne man auch nachhelfen. In der Kleinstadt seien sie froh, wenn sie den Platz auf dem Friedhof bekämen. Wir fünf seien seine nächsten Angehörigen, zumindest im Sinne des Gesetzes, so sehe er das. Mit dem Geschäftsführer der hiesigen Gemeinde sei er eine Weile golfen gegangen. Mit dem könne man reden, sagte Wilhelm und rieb den Daumen an den Zeigefinger. Ich zog mir das Gesetzblatt herüber und las:

Die Genehmigung kann erteilt werden, wenn, erstens, ein wichtiger Grund das rechtfertigt oder wenn es dem Herkommen entspricht, zweitens, der Bestattungsplatz den nach Art. 9 Abs. 1 für Friedhöfe geltenden Anforderungen entspricht, drittens, die Erhaltung des Bestattungsplatzes während der Ruhezeit gesichert ist und, viertens, überwiegende Belange Dritter nicht entgegenstehen.

Drittens und viertens konnten wir abhaken. Zweitens – trauernder Engel oder nicht, irgendeine würdige Form des Gedenkens würden wir schon finden, und die paar blanken Knochen würden weder das Grundwasser noch den See vergiften. Und erstens sollte durch Wilhelms Golfpartner geregelt sein.

»Na schön«, sagte Ernst. »Aber das muss alles ganz still abgehen. Kein großes Theater!«

Es war dann doch ein mittelgroßes Theater. Mit Fackeln in der Hand – Siegfrieds Beitrag zur Inszenierung – standen wir um das Loch herum, das ein Minibagger am Vormittag ausgehoben hatte. Für Anfang April war es ziemlich warm, ein Föhnsturm wehte von den Alpen her, die Fackeln rußten wild. Zwei Herren vom Bestattungsinstitut hielten sich im Hintergrund und ihre Mützen fest. Der Sarg – genauer: eine »Gebeinekiste« – baumelte an zwei Gurten im Wind. Der Grabplatz befand sich in einer kreisförmigen Ausbuchtung unseres Grundstücks, zum Nachbarn hin durch eine dichte, immergrüne Hecke abgeschirmt. Die Bestatter waren nicht mit ihrem üblichen Wagen gekommen, sondern in einem ramponierten Golf mit Anhänger und Minibagger. Pietät bemisst sich nicht am Mercedes-Stern oder an den Audi-Ringen, sondern am Umgang mit den sterblichen Überresten. Und der war tadellos; obwohl ihnen, den Bestattern, ein Grausen ins Gesicht geschrieben stand, als sie den fünf irren Alten gegenüberstanden. Sie verloren die Haltung nicht. In der Kleinstadt hatten sie Martin am Tag zuvor exhumiert, ohne unser Beisein; das hatten wir dann doch nicht miterleben müssen. Außerdem wäre unser Auftreten in der Gruppe sicher nicht unbemerkt geblieben.

Nach einer Weile drückte einer der beiden gravitätisch auf den Knopf, der Motor surrte, und die Kiste tauchte ab. Die Gurte lösten sich, und der Kranarm schwenkte zur Seite. Die Bestatter verneigten sich und schritten etwas hastig davon, zweifellos, um in ihrem Golf zwei beruhigende Dosen Bier zu öffnen. Wir sahen alle Wilhelm an, ob er vielleicht eine Rede halten wolle. Schließlich war das seine Idee gewesen, das alles. Und jetzt hatten wir ein Loch im Garten, darin ein paar Knochen, wir standen herum in schwarzen Anzügen, mit Fackeln im Föhnsturm, und wenn nicht eine Amsel ab und zu ein paar Takte gesungen hätte, es wäre überhaupt nicht feierlich gewesen. Der Stein war noch nicht geliefert worden, an seiner Stelle stand ein Stuhl, darauf ein gerahmtes Bild von Martin in winterlicher Kleidung.

Wilhelm sagte nichts. Er setzte ein paarmal an, aber die Tränen liefen ihm über die Backen. Er guckte mich an. Tja. Früher haben sie über meine Gedichte gelacht (die ich trotzdem unverdrossen vorlas). Siegfried begutachtete meinen ersten (und einzigen) Roman und meinte, ich solle lieber etwas bei der Zeitung machen. Für Heinrich textete ich einige Liebesbriefe; was er mir bekanntermaßen später vorwarf. Fürs Wortgeklingel war und blieb ich zuständig. Deshalb war ich – wenn schon nicht speziell vorbereitet – wenigstens bereit und sagte so etwas Ähnliches wie:

Wir waren Freunde, sechs Knaben aus der Kleinstadt, die gemeinsam aufwuchsen in schwieriger Zeit – schön war's trotzdem, plapperte einer dazwischen –, die voreinander keine Geheimnisse hatten, aber viele vor allen anderen. Wir waren wie Brüder – besser noch als Brüder, denn wir hatten einander gesucht und waren nicht zusammengewürfelt worden. Zusammen hätten wir alles geschafft, und dennoch ist ein jeder seinen eigenen Weg gegangen, um für sich und andere Großes zu schaffen. Du, Heinrich, hast der hungrigen Nation Delikatoli und andere gute und erschwingliche Leckereien geschenkt, du, Wilhelm, ermöglichtest deinen Landsleuten, in Sicherheit und Wohlstand alt zu werden, und du, Ernst, hast uns mit deinen Programmen und Rechenmaschinen auf das 21. Jahrhundert vorbereitet. Siegfried, du hast uns und allen Freude und Nachdenklichkeit bereitet, indem du den alten und den neuen Klassikern Stimme und Körper auf der Bühne gabst.

Ich machte eine Pause, für den Fall, dass einer der anderen etwas Rühmendes über mich zu sagen hätte. Natürlich nichts. Dann sprach ich weiter:

»Nun ja, und ich wurde eben Journalist und Honorarprofessor für Philosophie.« Was ist das schon gegen Fertigpastaschuta und Buchhaltungscomputerprogramme?, dachte ich und fuhr fort: »Im gesegneten Alter sind wir nun wieder zusammen. Die alte Rasselbande. Ohne kurze Lederhosen, und über Zäune springen wir auch nicht mehr. Nach vielen Jahrzehnten sind wir wieder da, wo wir angefangen haben: wir gegen die anderen. Wir trauen nur uns. Viele unserer Bindungen sind gekappt. Aber wir wissen, dass wir uns aufeinander verlassen können. Nur einen haben wir nicht mehr. Den kleinen Martin. Und dennoch ist er bei uns, immer gewesen, seit heute mehr denn je.«

Hier nickten die Herren bedächtig. Mir ging langsam der Atem aus. »Willkommen zurück, Martin«, sagte Siegfried, »schön gesprochen, Carl.« Er kniff mich in den Oberarm wie früher, das sichere Zeichen dafür, dass er meine Rede nicht ernst nahm. Nach alter Sitte hätte ich ihn in den Hintern treten müssen; ich hob den Fuß, ließ es bleiben. Sonst wäre ich womöglich in das Loch gekugelt. Wir steckten die

Fackeln in die aufgeworfene Erde und gingen langsam die Wiese hinauf. Siegfried und ich schoben Wilhelms Rollstuhl.

»Die Delikatoli hättest du nicht erwähnen müssen«, sagte Heinrich, »jedenfalls nicht mit diesem Unterton.« – »Obwohl ich mal wieder Lust darauf hätte«, meinte Ernst, »auf das Zeug.« Wilhelm sagte: »Martin hat gerne Nudeln gegessen.«

Oben verschwand Siegfried: »Bin gleich wieder da.« Man hörte den Porsche aufbrüllen.

Unser Mahl an diesem Abend: zwei Schachteln Delikatoli und Chianti von der Tankstelle. Es hat uns geschmeckt; jedenfalls machten wir die Teller leer. Weiß nicht, was sie alle dachten, aber ich dachte: Der kleine Martin hat nie Delikatoli gegessen. Nie … eine endlose Liste von nie.

15

Es war wie im Kindergarten. Nur ohne die Kindergartentanten. Jeder machte, wozu er Lust hatte.

Ernst begann bald nach dem Einzug an seiner Modelleisenbahn zu bauen, die sich später über drei Kellerräume erstrecken sollte, durch ein Dutzend Mauertunnel verbunden. Man darf sich das nicht als liebevoll gestaltete Miniaturlandschaft – Grasmatten, Häuschen, kleine Figuren – vorstellen. Ernst interessierte das Netzwerk von Schienen, die Weichen und die Signale und wie in dem System möglichst viele Züge reibungslos herumfahren konnten. Alles andere war ihm nutzloser Zierrat. Dafür baute er natürlich eine eigene Computersteuerung, oder waren es mehrere – wir blickten da nicht im Ansatz durch. Ihn interessierte eine Welt ohne Menschen, ohne deren Unzuverlässigkeit, Fehlerhaftigkeit. Ich fragte ihn einmal, ob es nicht eher so sei, dass er alle seine – menschlichen – Fehler in dem System konserviere. Das ärgerte ihn, er sagte, es sei ja gerade die Kunst, diese Fehler schon im Aufbau des Systems, beim Programmieren, vorauszuahnen, zu erkennen und auszumerzen. Er glaubte das wohl wirklich.

In den wenigen Momenten, in denen alle seine Züge kreisten (meistens wurde gebaut und verbessert), sah er ihnen gar nicht zu, er schaute auf zwei oder drei Computerbildschirme, die ihm alle wichtigen Zustände der Anlage vermittelten. Bei diesen Großverkehrstagen, wie er es nannte, assistierten ihm zwei Buben aus dem Dorf; die mussten dann unter den Spanplattenfluchten herumflitzen, um wegen überhöhter Geschwindigkeit entgleiste Züge auf die Schienen zu setzen oder die Folgen von Kollisionen zu bereinigen. Wie die Murmeltiere ploppten sie mal hier, mal da aus den Mannlöchern; sah lustig aus. Ernst fluchte durchaus lästerlich, wenn wieder ein Unglück passierte. Aber er war wohl glücklich, denn jedes Unglück schenkte ihm ein Problem. Denn letzlich sollte das System mit seinen fünfzig Zügen fähig sein, seine Probleme selbständig zu lösen. Ernst wäre erst zufrieden, wenn er mit verschränkten Armen danebenstehen könnte.

Er ließ mich einige Zeit mitspielen; für mich war es eine neuartige, zumindest seit vielen Jahrzehnten verkümmerte Tätigkeit: etwas mit den Händen zu erschaffen. Ich hatte so lange nur mit Bleistift oder Füllhalter gearbeitet, zuletzt – und nur widerstrebend – auf dem Computer geschrieben. Ich sägte Latten zu und Löcher aus riesigen Pressspanplatten und genoss den Duft des Sägemehls. In einer Ecke, von Ernsts Kontrollzentrum nicht zu sehen, durfte ich mein Spießerherz pflegen und meine kleine Spießerheimat bauen. Es geriet ein wenig nach unserer Kleinstadt, so wie ich die Häuser und Geschäfte platzierte, die winzigen Automodelle aus den fünfziger Jahren, den Marktplatz, den Bahnhof, und den Weiher. Außer Ernst erkannten die Freunde alle die Ähnlichkeit. Es wunderte mich, dass Siegfried hier so gar nicht mittun wollte, ich lud ihn ein, die Figürchen zu expressiven Gruppen zu arrangieren, aber eine Inszenierung des Stillstands, eines gefrorenen Idylls, lag ihm wohl nicht. Wo ich jetzt hier *gefroren* schreibe – gut, dann auch dieses: Ich bin nicht so stolz darauf. Wasser – Seen, Flüsse und eben auch kleine Tümpel oder Weiher – stellt man im Modellbauuniversum mit einer Glasscheibe dar, die über einer blau, blaugrün ausgemalten Kuhle liegt. Geriffelte Glasplatten machen bewegtes Wasser. Mehr oder weniger. Unser Weiher war ein eher trübes Gewässer, ich pinselte die Kuhle in einem dunklen Braungrün aus, legte die ganz leicht milchige Scheibe darüber und auf die Scheibe den Steg, selbstgebastelt aus Streichhölzern und einer Zigarrenkiste. Dann nahm ich den Torwart von der Fußballmannschaft. Der posiert, leicht in den Knien federnd, beide Arme gehoben, in Erwartung eines scharfen Schusses. Das Trikot übermalte ich. Ich klebte den Tormann von unten an die Glasscheibe, dort neben dem Steg. Keiner meiner Freunde hat mich je darauf angesprochen, und ich habe sie nicht darauf hingewiesen. Aber zu übersehen war es eigentlich auch nicht.

Ich war schon lange nicht mehr unten. Vermutlich sind die ehemals bunten Häuschen jetzt grau. Die Figürchen stehen im brusthohen Staub. Ich stelle mir vor, auf dem zugefrorenen Weiher liegt Staub wie Schnee und verdeckt, was niemand sehen soll.

Das waren schöne Jahre, unser »Erstes Idyll«. Der dicke Kanzler trat seine letzte Legislaturperiode an. Die aus dem Osten fuhren schon lange keine Trabis mehr. Wir nahmen das alles so beiläufig zur Kenntnis und kümmerten uns ansonsten um unsere eigenen Angelegenheiten. Hatten wir uns das nicht verdient?

Wilhelm schlug ungezählte Golfbälle in den See. Ich weiß nicht genau, von was er sich da Ball für Ball, Abschlag um Abschlag befreite. Er schwang den Schläger und machte »Ahhhh«. Im Herbst holte der Tauchclub der Kreisstadt die Bälle wieder herauf, gegen eine Spende für die Vereinskasse. Ab und zu half Wilhelm bei der Verbraucherberatung aus. Versicherungsverträge waren sein Spezialgebiet. Ich fuhr ihn des Öfteren, als er nicht mehr gut gehen konnte, und wartete im Nebenraum. Diesen Halunken sollte man den Hals umdrehen, riefen die meisten seiner Kunden während der Beratung, und Wilhelm brummte zustimmend. Ich denke, er hat bei diesen Gelegenheiten viele seiner kleingedruckten Texte wiedergesehen. Aber irgendwie schied er diese Wirklichkeit komplett von seiner ehemaligen. Er legte sich ins Zeug, um Versicherungen auszutricksen.

Heinrich zog Gemüse im Garten und Champignons im Keller und versuchte in den umliegenden Gasthäusern, Läden und Supermärkten für seine Art der Ernährung zu missionieren. Habe ich schon irgendwo gesagt, dass ihn eines Tages die Polizei zurückbrachte? Aus dem Streifenwagen stieg jedenfalls ein hochzufriedener Heinrich. Einer dieser Supermärkte, in denen man direkt aus dem Transportkarton einkauft, hatte in unserer Nachbarschaft eröffnet. Dieser Laden wurde Heinrichs Lieblingsfeind. Jeden Samstag baute er einen Stand auf öffentlichem Grund neben dem Parkplatz auf. Er bot den Kunden an, das Kauderwelsch auf den Verpackungen zu entschlüsseln. Und zu jedem Zusatzstoff, den er dort fand, hatte er eine kleinere oder größere Apokalypse parat. Glutamat? Zerfrisst das Gehirn! Zuckeraustauschstoff? Sie denken, das ist gesund, nur weil kein Zucker? Weit gefehlt, macht Durchfall und Darm-krebs!

Ich bezweifle, dass er immer auf dem letzten Stand der Wissenschaft war bei diesen Aktionen, und allzu viel Zu-lauf hatte er auch nicht. Hauptsache satt und billig ein-gekauft, dachten die Leute, obwohl man in der Gegend üblicherweise Geld besaß. Mit der Zeit beachtete man ihn nicht mehr, was ihn verdross. Zur Steigerung seiner Wirk-samkeit kettete er sich im Gang der Fertigprodukte an ein Regal und skandierte: Sparen ohne Maß führt zu solchem Fraß – oder so ähnlich. Die Polizei machte ihn mit einem Bolzenschneider los. Sie sagten, er habe randaliert, was ich nicht glauben kann; Heinrich war ein zappeliger Typ, aber schwächlich. Das Lokalblatt berichtete, auch das Regional-blatt, ein buntes Blatt gönnte uns eine Viertelseite unter dem Titel »Die WGaga«. Heinrich wiederholte die Anket-tung einige Male, der Filialleiter arrangierte sich damit, und die Einkaufenden zeigten ihn ihren Kindern. Ja, auch Hein-rich hatte seinen Spaß in diesen Jahren.

Wie Siegfried. Er liebte den Rasentraktor. Wenn ihm langweilig wurde, ging er rasenmähen. Zog endlose Run-den, egal ob es nötig war oder nicht. Weil ihm das Gefährt im Fabrikzustand zu bäuerlich grün aussah, ließ er es um-lackieren. Bahia-Rot, passend zu seinem Porsche. Er holte sich einen Satz japanischer Kochmesser, die er hingebungs-voll auf einem feuchten Schleifstein schärfte, stundenlang. Er kochte uns auch, wenn er denn endlich mit dem Schlei-fen fertig war. Großes Theater! Fünf Gänge, fünf Akte. Schlussvorhang. Applaus, Applaus, Cognac und Zigarre. Siegfried hat (neben Heinrich) die größte Veränderung von uns durchgemacht. Er ist immer eine Mischung aus Pfau und Falke gewesen. Musste entweder ansagen oder glänzen, am besten beides. Dann las er in der Lokalzeitung, dass die örtliche Bauernbühne einen Spielleiter suchte. Las es mir vor. Ich lachte, sagte: Du? Die Ärmsten. Siegfried sagte: Doch, im Ernst. Ich habe auf so einer Bühne angefangen. Mein Gott, Schwänke!, sagte ich, Schenkelklopfer! Shakespeares Komödien sind auch Schwänke, sagte er, und ich sagte nichts.

Sie nahmen ihn nach einigem Zögern. Es funktionierte. Für Siegfried gab es nur das Größte – oder das Kleinste. Nichts dazwischen. Eine Zeitlang rührte das (erwartungsgemäß) Staub auf. *Theater heute* schrieb einen ätzenden Kommentar. Der Staub legte sich. Siegfried inszenierte zwei Stücke pro Jahr und hob langsam und behutsam das Niveau an. Die überall spürbare Begrenztheit – von den schauspielerischen Leistungen bis zur Garderobefrau, die in Zeitlupe ein- und aushängte – hinderte ihn nicht, jedenfalls beschwerte er sich nicht. Seine letzte Inszenierung, war das eine *Iphigenie*? Sicher gekürzt und umgeschrieben, aber etwas von dieser Güte. Jedenfalls nicht der *Holledauer Schimmel*, mit dem er angefangen hatte.

Und ich? Ach, das ist eigentlich langweilig, das kann man eigentlich überspringen. Nur der Vollständigkeit halber:

Ich begann, Erstausgaben von deutschsprachigen Autoren aus den 1920er Jahren zu sammeln, in bescheidenem Umfang, meinen finanziellen Mitteln angemessen. Jedem Erwerb ging eine sorgfältige Abwägung voraus. Die Regale wiesen Leerstellen in angemessener Breite auf, für die Bücher, die ich besitzen wollte. Manchmal musste ich leider auch zwei Bände zusammenschieben, um die Leerstellen zu beseitigen. Nicht jedes Buch konnte ich finden, nicht alle bezahlen. Als Sammler und Leser träume ich davon, die Erstausgabe von Schopenhauers *Welt als Wille und Vorstellung* zu besitzen. Und als Autor wartete ich lange auf Angebote der großen Verlage; schließlich hatte ich die Werdung unserer Republik zwar nicht als führende, aber bedeutende Stimme der Publizistik und des Geisteslebens begleitet. Aber ich wurde nicht gefragt, die Schreihälse von 1968 drängten sich vor. In den Antiquariatskatalogen fand ich meine frühen Bücher zu geradezu beschämend kleinen Preisen. Wie auch immer.

Ich habe das Obige nach einer Pause – Siegfried hat wieder einmal exzellent gekocht – noch einmal gelesen. Ich habe den Geschmack einer guten Zigarre im Mund, und mein Jackett riecht nach Rauch. – Das klingt, als wollten alle etwas gutmachen; nur ich nicht. Vielleicht bin ich nicht ehrlich genug mit mir. Der Blick auf andere ist eben schärfer. Wir haben schon so einiges verbockt, Menschen (vor allem Männer) meines Alters. Wir haben dicke Autos ohne Katalysator gefahren, dann hat der saure Regen auf das Land herabgeregnet und unsere schönen deutschen Wälder kaputtgemacht. In den Flüssen trieben Schaumberge, weil wir nur mit blendend weißen Hemden ins Büro gehen konnten. Und wir wollten sauberen Strom, aus Kraftwerken, über denen keine schwarzen Rauchwolken standen. Wir haben die Raketen – *Pershing* und *Cruise Missile* hießen die – ins Land geholt; zumindest haben wir es geschehen lassen. Ja, wir haben Geschichten »vom Russen« gehört, von unseren Vätern (denen, die zurückkamen). Haben wir nicht geglaubt, aber deswegen muss man doch den Sowjets nicht trauen. Wir haben den Massentourismus erfunden und die industrialisierte Landwirtschaft. Schulden gemacht, die keiner je zurückzahlen kann. Das Rentenalter für uns passend heruntergeschraubt, und die Jungen hecheln dem stetig nach hinten wandernden Antrittsalter hinterher, um dann so gut wie nichts zu bekommen. Was noch? Das arme Weltklima. Durchgedrehtes, räuberisches Finanzsystem. Reiche reicher, Arme ärmer. Aber uns geht es doch gut. Wem – uns?

Das überfordert mich im Moment. Wem leg ich hier überhaupt Rechenschaft ab? Doch nur mir selbst. Jedenfalls waren es schöne Jahre, als wir alle noch halbwegs gesund und mobil waren.

16

Das musste natürlich ein Ende haben. Wilhelm ging es nicht gut. Allerdings nicht so schlecht, dass er seinen Zigarettenkonsum eingeschränkt hätte. Drei Schachteln zog er mühelos durch. Pro Tag. Noch während er die eine ausdrückte, langte er nach der nächsten, die er mit der frei gewordenen anderen Hand sofort entzündete. Das dauerte vielleicht ein paar Sekunden. Er atmete den letzten Zug der vorangegangenen Zigarette aus und mit der nächsten wieder ein. Ökonomischer und eleganter war es nicht zu machen. In den gemeinsamen Wohnbereichen hatten wir nach langen Kämpfen Rauchverbot eingeführt. Für Zigaretten. Eine Ausnahme galt für die Zigarre nach dem guten, reichen Abend- oder Mittagessen, die wir alle gerne rauchten. Aber das ist ja nur paffen. Und Heinrich lüftete dann gründlich.

Beim Golfen stieg Wilhelm schon länger nur noch zum Abschlagen aus dem Elektrokarren. Gehen fiel ihm schwer. Weit kam er nicht mehr. Er litt unter Arteriosklerose: Raucherbein, links. Es musste abgenommen werden – das ist in vier Worten die elende Geschichte von Sturheit und Leiden, von Heilungsversuchen, medizinischen und unseren Vorträgen, ungezählten Arzt- und Krankenhausbesuchen. Und schließlich einem im Sanitätshaus, wo wir zusammen den neuen Rollstuhl kauften. Einen elektrischen, batteriebetrieben, schwer wie ein Sattelschlepper. Wilhelm vergaß oft, das Gefährt aufzuladen. Er rief vom Steg an, der Stuhl sei alle, ob wir ihn hinaufschieben könnten. Falls sein Mobiltelefon nicht auch schon leer war. Na ja, wir wussten meistens, wo wir nach ihm suchen mussten. Zu zweit schafften wir es mit Mühe, ihn und sein Vehikel über den gekiesten Weg zu bewegen. Danach waren wir fix und fertig.

Krücken wollte er nicht benutzen. Ein paarmal fiel er spektakulär hin, weil er das Gleichgewicht verlor. Ein leichterer, mit Muskelkraft zu bewegender Rollstuhl kam nicht in Frage, weil er im Nu außer Atem war. Wie sollten diese Lungen auch noch Sauerstoff aufnehmen und zu welchen Muskeln transportieren? Und wir Trottel brachten ihm die Zigaretten. Erstens war er ein erwachsener Mensch, zweitens ein sturer. Pädagogische Ausreden, den Tabak beim Einkauf »vergessen« zu haben, führten nur dazu, dass er selber ins Dorf rollte, bei jedem Wetter und natürlich ohne vorher den Ladezustand der Batterien zu prüfen. Einmal rief er den ADAC und verlangte – als Mitglied der ersten Stunde, Träger Goldener Sowiesonadeln, Inhaber der VIP Member Card und ich weiß nicht was noch alles –, abgeschleppt zu werden.

Wir saßen damals oft zusammen im Salon und berieten über die Situation. Wilhelm war schon ins Bett gebracht und zugedeckt worden, ein Lehnstuhl an die Bettseite geschoben, damit er nicht hinausfiel. Ich kam meist später hinzu, weil es mir zugefallen war, Wilhelm vorzulesen. Aus der *Neuen Juristischen Wochenschrift* wohlgemerkt. Öde in meinen Ohren, aber ihn beruhigte es. Vielleicht ein Anklang an Kontrolle, jene Kontrolle, die er zusehends verlor.

Was machen wir mit ihm?, fragte Heinrich oder Ernst. Und wenn wir schon einmal dabei sind, wie machen wir das überhaupt? Ich erinnere mich, wie ich bei diesen Fragen immer kerzengerade im Sessel saß und unwillkürlich in meinen Körper hineinfühlte: Alles in Ordnung? Irgendwo ein beunruhigendes Reißen, Kribbeln, Ziehen? Die Sache im Knie – aber die ist unter Kontrolle. Pochen in der Brust? Welcher Tag ist heute? Krankhaft verstärkter Harndrang oder normales Bedürfnis nach zwei Tassen Tee? Wie heißt unser Verteidigungsminister? Stoltenberg oder Rühe? Wir sind – sag's schnell – Wilhelm-Siegfried-Heinrich-Ernst-Carl.

»Was, was machen?«, fragte Siegfried, als hätte er keine Ahnung, worum es ging. Er war allerdings auch der Fitteste unter uns. Jeden Morgen ging er im See schwimmen (winters ins Hallenbad).

»Mein Gott, Siegfried«, sagte Heinrich, »Krankheit, Pflege und dann der Endspurt.«

»Ich fall im Bauerntheater über die Bühnenkante, brech mir das Genick und weg«, sagte Siegfried, »Wilhelm wird auf der Bundesstraße von einem Kühllaster überrollt, Ernst erhält beim Löten einen elektrischen Stromschlag, der seinen Schrittmacher grillt, für ihn hier« – er zeigte auf mich –, »da bin ich nicht so sicher, zwischen Büchern, wo lauern da die Gefahren? Da müssen wir wohl etwas selber tun –«

»Genau«, fuhr Ernst dazwischen, »wir müssen etwas tun. Ich habe keine Lust, in irgendeinem Krankenhaus zu verrecken. So lange an Kabeln und Schläuchen hängen, bis die ganzen Apparate und Computer amortisiert sind und der Geschäftsführer gnädig den Daumen senkt. Hier bin ich, und wenn es zu Ende ist, will ich Füße voraus von hier wieder hinaus.«

»Ich auch«, sagte Heinrich. »Füße voraus. Aber warum eigentlich so herum?«

»Dich begraben wir bei deinen Tomaten«, sagte Siegfried. »Oder was auch immer du von unten angucken willst.«

Ich eilte Ernst zu Hilfe. Wenn Siegfried alles ins Lächerliche zog, bestand Gefahr, dass wir uns wieder vertagten, anstatt einmal – ernsthaft – über die Sache zu reden. Die Gelegenheit ergab sich nicht oft. Wir mussten sie ergreifen. Herrgott, wir waren alte Männer! Aber – noch – bei Verstand. »Hört mal«, sagte ich, »jetzt geht es natürlich in erster Linie um Wilhelm, aber in unserem Alter kann das Schicksal jederzeit zuschlagen, und«, da sah ich zu Siegfried hin, »das ist eher ein Infarkt oder ein Schlaganfall als ein Lastwagen oder ein Lötunfall. Dann liegt einer von uns sabbernd und inkontinent im Bett. Gut, man versucht eine Reha. Aber da ist nichts mehr umzukehren. Für uns ist der Wenderadius so groß, dass er wie eine endlos lange Gerade aussieht.«

Dieses letzte Bild ließ ich etwas einwirken. »Endlos«, das stimmte nicht. Aber hinziehen könnte es sich schon. Ewig.

»Gewöhn dich an die Idee«, sagte ich an Siegfried gerichtet, »du wirst zu deinen edlen Kupferpfannen noch die Bettpfanne dazubekommen. Ich meine, für uns ist das nichts Neues, oder?«

»Ach ja, das«, sagte Ernst, »damals im Pfadfinderlager. Du hattest eine grausame Diarrhö und konntest kaum stehen. Carl und ich haben dich zum Abort geschleppt und die ganze Zeit gehalten. Lange Zeit. Und dann saubergemacht.«

»O Gott, bis der alle war«, sagte Heinrich und sah Siegfried an. »Aber würden wir wieder tun.«

Siegfried verdrehte die Augen. »Als ob es dafür kein Personal gäbe. Oder Angehörige.«

»Wir waren uns immer einig, dass wir keine Familie hier haben wollen«, sagte ich schnell.

Ernst war inzwischen vom Sofa aufgesprungen und wanderte durch den Salon. Er war ziemlich aufgeregt.

»Das ist doch alles nicht wichtig. Ich meine, wer – ihr verzeiht – wem den Arsch abwischt. Wichtig ist, wer wem – bitte wiederum um Verzeihung für den Ausdruck – das Licht ausbläst.«

Das musste auch erst einmal wirken. Abgesehen davon, dass Ernst sich vermutlich in jeder Programmiersprache eleganter ausdrückte als in der deutschen. Wie meinst du das?, fragte Heinrich. Wilhelm, wenn er dabei gewesen wäre, hätte sofort zu einem juristischen Vortrag angesetzt.

»Was wolltest du mit dem Dolche, sprich! – Er meint: Wir sollen einander ermorden«, sagte Siegfried mit seinem Instinkt fürs Drama. »Sterbehilfe heißt das«, sagte ich, ohne es genau zu wissen.

»Aber doch nicht per Dolch«, sagte Heinrich, »wo sind wir denn.«

»Geht es bei dir schon los?«, sagte Siegfried.

»Beruhigt euch. Lasst Ernst erklären, was er vorhat«,

sagte ich. Ernst redete lange und unverständlich. Ich fasse hier zusammen: Er wolle uns ein Programm schreiben, das uns ein einziges Mal eine Entscheidung – jedem von uns – abverlange. Von da an würde dieses Programm alles regeln; bis auf das eine, endgültige. Der Vorteil: Wir würden nicht immer wieder zu diskutieren anfangen. Keiner wüsste, wie der andere entschieden habe. Und wer, im Fall, zuständig sei. Ich fand die Idee ganz charmant. Mal was anderes.

»Computerprogramm, soso«, sagte Siegfried. »Die Dinger schaffen es doch nicht einmal, meine Rente korrekt auszuzahlen. Wenn ich bei der Rentenversicherung anrufe, sagen die immer, da stimme etwas nicht mit dem Computer. Das ist ein Sündenbock mit unbegrenzter Tragfähigkeit.«

»Und ehrlich gesagt« – dies nun Heinrich –, »deine Hausautomatisierung per Rechenmaschine ist nun auch nicht so hundertprozentig gelungen. Von den legendären Modelleisenbahnunglücken mal ganz abgesehen.«

Das war nett ausgedrückt. Nicht nur im Anfang unserer wg gab es eine Zeit, da fuhren ständig die Jalousien auf und ab, der Toast sprang bleich oder pechschwarz aus dem Toaster, die Wassertemperatur der Duschen lag über achtzig oder unter zehn Grad, und wir alle erhielten Mitteilungen auf unsere Telefone und Computer und auf einen Bildschirm an der Kühlschranktür, dass Butter, Milch und Eier aus waren. Stimmte nur nicht immer. Die Garage verschickte E-Mails, wenn eines der Tore offen stand. Ich habe nie verstanden, warum die Garage, wenn sie schon E-Mails senden konnte, ihr eigenes Tor nicht selbst zu schließen vermochte. (Ernst sagte mir, irgendwas sei noch nicht »implementiert« oder so ähnlich.) Lampen gingen an, wenn man einen Raum betrat, aber sie gingen auch wieder aus, wenn man nicht alle paar Minuten heftig mit dem Arm wedelte, um einen Sensor aufzuwecken. Von solchen Sachen gab es einige mehr im Haus. Wenn wir gutgelaunt waren und das Zeug halbwegs funktionierte, nannten wir es liebevoll »Ernsts Spinnereien«, wenn nicht, stürmte ich seinen Kontrollraum und verlangte, er solle den verdammten Automatikscheiß endlich in den Griff bekommen. Oder abschalten. Dann reparierte er vielleicht das eine, aber an anderer Stelle trat das nächste Problem auf.

Man hatte also Grund, Ernsts Ideen zu misstrauen. Andererseits – musste man sich mit zunehmendem Alter nicht auch selbst misstrauen? Wie würde sich das mit der Zurechnungsfähigkeit entwickeln? Bei anzunehmender Verkalkung und Schlimmerem. Jeder von uns hatte schon einmal – in diesen Worten oder ähnlich – behauptet: Bevor es zu spät ist, mache ich Schluss, so oder so. Klingt tapfer und entschlossen, aber ich fürchte: Tapferkeit und Entschlossenheit verflüchtigen sich zuallererst. Dagegen ein stur und unbeirrbar vor sich hin brummender Rechner, der nicht vergisst, immer weiß, welcher Tag heute ist, welche Stunde gerade geschlagen hat – und wessen.

Einen Versuch war es allemal wert.

Code02

```python
def findeUeberfaellige():

  ueberfaelligePersonen = []
  meldebalken = []
  engelRuf = [False, False, False, False, False]
  zeitdaten = TotmannLog.leseLog()
  jetzt = datetime.datetime.now()
  zaehler = 0

  for zeitstempel in zeitdaten:
   person = wg_besatzung[zaehler]
   zeitwert = intervallliste[zaehler]
   rueckmeldezeit = datetime.timedelta \
    (hours=zeitwert)
   letzte_rueckmeldung = datetime.datetime. \
    strptime(zeitstempel, '%d.%m.%Y %H:%M')
   delta = jetzt - letzte_rueckmeldung

   if person == "+":
    meldebalken.append(0)

   else:
    if delta / rueckmeldezeit < 1:
     prozentdelta = 100 - (round((delta / \
      rueckmeldezeit) * 100))
     meldebalken.append(prozentdelta)
```

```python
        else:
          prozentdelta = 0
          meldebalken.append(prozentdelta)
        if delta > (rueckmeldezeit * 2):
          engelfinder.findeDenEngel(zaehler, person)
          engelRuf.pop(zaehler)
          engelRuf.insert(zaehler, True)
        elif delta > rueckmeldezeit:
          ueberfaelligePersonen.append(zaehler)
        else:
          pass
      zaehler += 1

  return ueberfaelligePersonen, meldebalken, \
    engelRuf
```

17

Ich fragte Ernst einmal, ob er an Gott glaube, wenn er schon neuerdings dauernd in die Kirche gehe. Er sagte: Woran denn sonst? An diesen Kram hier? Das ist nichts, woran man glauben kann. Das ist zum Benutzen da. Der Computer, der mich mein Leben lang beschäftigt hat, ist wenig mehr als ein vertrackter Bleistift. Nur ein Werkzeug.

Er macht gerne Dinge, weil sie machbar sind. Mir hätte es genügt zu wissen – zu ahnen –, dass es ginge. Er muss es sehen und hören. Dass sein Drucker rattert, eine Botschaft oder Zahl auf einem Bildschirm zu lesen ist, bloß weil er das so will und kann. *The proof of the pudding is in the eating,* sagt Ernst. Er schreibt etwas, und es kommt auch etwas dabei heraus. Was man von anderen schreibenden Unternehmungen nicht behaupten kann. Da erhält man höchstens ätzende Leserbriefe, oder Abonnenten kündigen beleidigt das Abonnement. Deshalb fasziniert mich das mit den Programmiersprachen. Ich habe Ernst ein paarmal gebeten, mir Einblick zu gewähren. Dann zeigte er mir Teile des Programms für uns (vermutlich die hier eingestreuten Blätter, die ich später im Altpapier wiederfand). Er konnte das wie eine Zeitung lesen; für mich war es eben eine aramäische Zeitung ohne ausreichende Aramäischkenntnisse.

Ein Mann des Geistes, der auf sich hält, sieht auf solche

Dinge – Computer und Technik – herab. Das ist das Feld, in dem er stolz und fröhlich seine komplette Unwissenheit gesteht. Mein Gott, wie peinlich, wenn man ihn dabei erwischte, wie er den Vergaser seines Autos reinigte oder den Treibriemen der Waschmaschine austauschte; die Gefahr ist freilich gering. Goethe aber, denke ich, hätte sich nicht geziert. In der einen Hand die Feder, in der anderen den Schraubenzieher, falls es so etwas schon gegeben hat, zu seiner Zeit.

Als Junge war Ernst von allem fasziniert, was Hebel und Knöpfe hatte, dampfte, funkte, Krach machte, stank und geheimnisvoll aussah, zerlegt und mutmaßlich verbessert werden konnte. Er reparierte unsere Fahrräder, ruinierte die Armbanduhr, die ich zur Firmung bekam, mit einem ungeeigneten Werkzeug. Ein Röhrenradio brannte nach seinem Eingriff ab, und fast noch das Haus, das drumherum stand. Egal, ein Rückschlag gibt mir einen Impuls nach vorn, sagte er. Einiges gelang ihm auch, vieles eigentlich. Über die Radiosachen kam er an der Technischen Hochschule zu den Rechenmaschinen. Ich habe hier noch viele Bücher stehen, in denen Lochkarten als Lesezeichen stecken. Das brauchte man früher zum Programmieren, diese Karten. Für ein paar Semester studierten wir in derselben Stadt; bei Wilhelm war er ab und zu eingeladen. Der Gastgeber hätte ihn gern als linkisches Genie vorgeführt, aber das Linkische übertraf stets das Genialische, jedenfalls in Gesellschaft. Zitronenschale oder Olive im Martini, das war ihm, pardon, scheißegal. Trank auch lieber Bier. Wilhelms Versicherung wurde später einer der ersten und dann größten Kunden seiner Programme. Ohne Wilhelms Einfluss in dem Konzern, ganz sicher, wäre Ernst nicht das geworden, was er wurde. Mein Einfluss blieb deutlich geringer. Ich schrieb ihm ein paar Pressemitteilungen, nachdem er seine erste Firma gegründet hatte. Das Handbuch zu dem Personalkostenprogramm, welches Kern dieses allumfassenden, alles steuernden Superriesenprogramms wurde, das ihn superreich machte, das verfasste ich. Vierundzwanzig geheftete Schreibmaschinenseiten Kauderwelsch, das er mir mehr oder weniger diktierte. Ich hab's noch irgendwo. Gewissermaßen meine erfolgreichste Publikation; leider ohne entsprechende Tantiemen.

In der WG ist er mir fast der Liebste. Er ist unaufgeregt, hat keine zementierten Meinungen, jedenfalls keine, die er mit Herzblut verteidigt (Siegfried und Heinrich können einem damit sehr auf die Nerven gehen). Erklären kann er immer noch nicht. Wenn er mich in seine Programme schauen lässt, bin ich nachher nicht schlauer als zuvor. Da lacht er. Ist doch ganz einfach: Wir sind Objekte mit Eigenschaften und Fähigkeiten. Also, als Abstraktion. Es gibt die Klasse »Wilhelm«, es gibt die Klasse »Carl«, für jeden gibt es eine. Zwischen diesen Klassen gibt es Beziehungen, und bestimmte Fälle können eintreten. Worauf dann etwas passiert.

Da hakt es dann schon. Ich denke von mir selbst nicht gerne als Abstraktion. Kann ich vielleicht auch gar nicht, ich stecke ja drin in dem Körper, dessen Hauthülle größer und schlabbriger zu werden scheint. Aber egal, Ernst kann das, abstrahieren. Man kann ihm direkt dabei zusehen: Wenn wir ein Problem im Haus haben und es besprechen – irgendwas, auch banal, die Waschmaschine, eine rinnende

Toilettenspülung –, er zieht sich zurück auf die hohe Warte, sucht den Überblick. Seine große persönliche Vorliebe ist es, keine zu haben. »Also mal objektiv betrachtet«, so fangen viele seiner Sätze an.

Er packt die Frage unserer letzten, vielleicht unendlich bitteren Stunden in ein Programm, einen Algorithmus, der alles regeln wird. Zumindest soll er das. Das ist seine Art, Probleme zu lösen. Es ist seine Art, Dinge unter Kontrolle zu halten. Trotz aller Planung und Berechnung ist er auf seine Art und Weise ein Künstler. Kann schon sein, dass das Radio abbrennt. Dann geht ja hoffentlich der automatische Feuerlöscher an. Auch nicht? Müssen wir eben improvisieren. Dann kommt der rauchende Lötkolben ins Spiel, oder Klebeband oder Kabelbinder.

Tja. So sitze ich gerne bei ihm. Wenn er etwas lötet, erinnert mich das an seinen Bastelkeller von früher. Ab und zu rede ich ihm ein allzu ehrgeiziges Projekt aus. Man sieht schon, wie beim Löten seine Hand zittert, da geht eine Menge Lötzinn daneben. Dann kann Ernst fluchen wie einer, der nicht in die Kirche geht. – Ah ja. Wie habe ich diesen Abschnitt begonnen? Religion. Denn Ernst wurde in seinen letzten Jahren zum Kirchgänger. Jeden Sonntag marschiert er in die barocke Dorfkirche, die vor Prunk, Blattgold und Zierrat nur so strotzt, stellt sich in die Brandung der Irrationalität und lässt sich von den anrauschenden Wellen (Wundererzählungen, universale Liebe, selbstloser Opfermut, Heiligengeschichten) von den Füßen lupfen. Beim Sonntagsbraten riecht er manchmal nach Weihrauch und bringt so etwas Frömmigkeit in unseren gottlosen Haushalt. Wehe, wenn du das Haus dem Pfarrer vermachst, sagt

Siegfried, in deinem religiösen Wahn (aber das ist netter gemeint, als es vielleicht klingt).

Von Wahn ist Ernst weit entfernt, dazu ist er zu abgeklärt und alt. Es braucht eine gewisse Freiheit und Unabhängigkeit, um zu glauben. Keine Ahnung, wie tief sein Glaube wirklich ist, aber er kann ihn wohl gut gebrauchen gegen all die Algorithmen, die aus seinem Leben ein Plankalkül gemacht haben. Einmal kam er völlig glücklich zurück aus der Kirche. Der Pfarrer hatte in seiner Predigt den Ausspruch *credo quia absurdum* benutzt: Ich glaube, *gerade weil* es widersinnig ist. Ein Frontalangriff auf die liebe Logik: Das war der Zünder zu der Bombe, die unter Ernst hochging, die ihn aber keineswegs zerriss, sondern in Höhen beförderte, die ihm neu waren. Ich beneidete ihn darum und wusste doch, dass ich nie dorthin würde folgen können. In dieser Sache blieb ich Spatz, und er wurde ein eleganter Mauersegler.

18

Wie über die meisten Dinge, über die man stundenlang, tagelang und immer wieder reden sollte, redeten wir über dieses Thema nach dem ersten Anlauf nicht
mehr. Ein jeder brütete so vor sich hin, glaube ich. Ich tat es
jedenfalls.

»Ich habe das Programm geschrieben«, sagte Ernst eines
Tages beim Mittagessen zwischen Hauptgang und Dessert.
»Zunächst einmal einen Prototyp.«

Er dozierte den ganzen Nachmittag. Dieses kleine Programm sollte es jedem von uns ermöglichen, seinen, wie er
es geschmackvoll nannte, »Todesengel« zu wählen. Keiner
sollte vom anderen wissen, wer wen für diesen Liebesdienst
erkoren hatte. Er, Ernst, könne es auch nicht wissen, weil
die Paare verschlüsselt gespeichert würden. Wir würden
schließlich etwas Illegales tun, und das müsse niemand wissen. Außer den beiden Beteiligten, von denen einer das Geheimnis praktischerweise gleich mit ins Grab nähme. Denn
falls jemand einmal auf die Idee kommen sollte, nach einem
Todesfall bei uns genauer hinzusehen, wäre es wohl besser,
wirklich ahnungslos zu sein, als nur so zu tun. Wer nichts
wisse, müsse auch nicht lügen.

Siegfried sagte dann: »Angenommen, derjenige, welcher
von mir erwählt wurde, geht mir voraus?« Ernst winkte ab.

Da habe er sich natürlich schon etwas einfallen lassen, das seien kleine Probleme. Beispielsweise müsse eben jeder eine Reihe von Namen aufstellen, von wem er... na ja. Falls Wunschkandidat Nummer eins... nicht mehr da sei, dann komme eben Nummer zwei der Liste zum Einsatz. Oder Nummer drei.

»Und wie erfahre ich davon?«, fragte Wilhelm. »Ich meine, wenn ich dran bin. Man wird wohl kaum einen Zettel an den Kühlschrank heften können.«

»Ach, das ist das Einfachste«, sagte Ernst, »du bekommst eine E-Mail oder eine sms auf dein Mobiltelefon. Oder wir stellen irgendwo einen Bildschirm auf. Auf dem erscheinen alle möglichen Symbole, und wenn du dasjenige siehst, das du ausgewählt hast, weißt du, dass du dran bist. Im Übrigen wird man da mit dem technischen Fortschritt gehen müssen.«

»Das Symbol vergesse ich sicher. Das kann schließlich Jahre dauern. Oder einer verliert das Augenlicht, beispielsweise«, sagte Wilhelm.

»Dann gibt es eben einen Gong oder sonst etwas«, sagte Ernst schon etwas genervt.

»Wie? Was?«, machte Siegfried und hielt die hohle Hand hinters Ohr.

»Und wer pflegt das System?«, fragte ich. Es könnte ja sein, dass Ernst als Erster von uns ginge. Außer ihm verstand keiner etwas von Computern. Man könne wohl kaum jemanden von außen hinzuziehen, wenn es nicht mehr so liefe wie geplant. Keine Sorge, sagte Ernst, er baue das atombombenfest mit doppeltem Backup und Stromausfallversicherung. Für uns müsse es ja idiotensicher gemacht sein, sagte er, und andere Nettigkeiten. Ein Werk für die Ewigkeit, aber war das im Zusammenhang mit Computern nicht ein Widerspruch in sich?

»Und der letzte von uns? Wer hilft dem hinüber?«, fragte ich.

»Den Letzten beißen die Hunde, da hilft auch keine Rechenmaschine«, sagte Siegfried, »aber mehr würde mich interessieren: *Wie* machen wir es?«

19

Wilhelm litt immer stärker unter Phantomwahrnehmungen. Manchmal sah man ihn gedankenverloren die Hand ausstrecken, um sich an den Unterschenkel zu greifen, der ihm amputiert worden war. Dann zog er die Hand wieder zurück und machte ein erstauntes Gesicht. Er klagte über Juckreiz und Wadenkrämpfe. Ich las irgendwann in einem Roman von einem Gerät, das »Spiegelkasten« hieß und das zur Behandlung von Phantomschmerzen verwendet wurde. Erst hielt ich das für die Erfindung eines Schriftstellers, dann erfuhr ich, dass solch ein Apparat tatsächlich existierte.

Wir kontaktierten eine Universitätsklinik in der Großstadt, und einer der Neurologen zeigte sich informiert und interessiert, das ihm noch nicht vertraute Gerät bei Wilhelm einzusetzen. Ein Schreiner im Dorf baute es nach den Vorgaben des Neurologen. Simpel genug: ein paar Bretter, ein flacher Spiegel. Wilhelm war skeptisch, besonders nachdem ich ihm Passagen aus dem Roman vorgelesen hatte. »Was kommt als Nächstes, nur weil du irgendwas in irgendeinem Buch gefunden hast? Zaubertränke, gemörserte Salamander?«, sagte er. Ich lachte und meinte, er solle froh sein, dass ich in jüngster Zeit nicht Mary Shelleys *Frankenstein* gelesen hatte.

Der Kasten traf ein – und Wilhelm ignorierte ihn einige Monate. Aber der Juckreiz war stärker. Wir alle standen bei der ersten Sitzung herum. Der Neurologe, auf Privatrechnung, konsultierte und verlieh der Angelegenheit durch seinen faltenlosen weißen Kittel und die hochwertigen Kugelschreiber in der Brusttasche einen wissenschaftlich-seriösen Anstrich. Das machte es Wilhelm etwas leichter. Der Neurologe erklärte mit sonorer Stimme, was er zu tun habe: sich dort auf den Stuhl setzen und das gesunde Bein rechts von dem senkrecht montierten Spiegel in den vorne und oben offenen Kasten schieben. Wilhelm tat wie geheißen, sah von oben auf den Spiegel und das spiegelverkehrte Bild seines vollständigen Beins. Er hatte, sozusagen, wieder ein ganzes linkes Bein.

»Aha. Und jetzt?«, sagte er.

Der Neurologe sagte, er solle sich nun am gesunden Bein kratzen und die Waden massieren. Solange er, Wilhelm, dabei auf das gespiegelte Bein blicke, würde es ihm scheinen, als kratze er sich am fehlenden linken Unterschenkel. Wilhelm langte hinunter und kratzte zögernd.

»Ihr Gehirn«, sagte der Neurologe, »sieht nun mit seinen eigenen Augen, wie Sie die – eigentlich fehlende – Extremität berühren.« Er könne also den Juckreiz lindern und den Krampf herausmassieren. Beides finde ohnehin nur im Gehirn statt und könne über die visuelle Täuschung behandelt werden.

»Gaukeleien«, murmelte Wilhelm und knetete seine Wade.

Er machte immerhin drei Sitzungen mit. Umsonst. Es war nichts für ihn. Wilhelm war keiner, der seinen Augen traute. Er hatte immer nach klaren Regeln gelebt. Wo es keine gab, machte er welche. Ich habe ihn nie einen Roman lesen sehen. Das Mitfühlen sei ihm gründlich ausgetrieben worden, sagte er mir, als ich ihn darauf ansprach. Das habe in seinem Beruf keinen Platz gehabt, sei karrierefeindlich gewesen. Wozu also üben. Was er jetzt am stärksten spürte, war ein Phantom. Sogar er erkannte die Ironie darin. Aber er besaß keine Vorstellungskraft, keine Phantasie. Er nahm die Fakten zur Kenntnis, solange er noch konnte, glaube ich. Er malte sich nicht aus, wohin das führen würde. Nur diesen erstaunten Blick, wenn er nach seinem Bein fühlte und den Juckreiz vertreiben wollte, den verlor er nie, bis zuletzt nicht.

20

Wenn Ernst sich ins Programmieren verbiss, sah er noch ungesünder als sonst aus. Das täuschte, denn innerlich brummte er warm und gemütlich wie ein Transformator. Ich sah ihn tagelang nicht, nur bei kurzen Kühlschrankvisiten oder wenn er an die Tür ging, um dem Paketzusteller irgendein heißersehntes Bauteil aus den Händen zu reißen. Mit dem Programm musste es wohl schwierig gewesen sein, oder er wollte es ganz besonders gut machen. Vielleicht beides. Vielleicht ließ er die Arbeit daran zwischendrin auch ganz ruhen. Er hatte auch andere Baustellen, weiß Gott. Und von uns drängte ihn keiner. Das ließ uns nämlich noch etwas Zeit zur Beantwortung der anderen Frage, die da noch im Raum stand wie der weiße Elefant, um den jeder sorgfältig herumging: Wie denn eigentlich?

Der Moment war mehrmals angekündigt und verschoben worden. Wir, ohne Ernst, saßen bereits in Wilhelms Zimmer zusammen, als der Programmierer unseres Vertrauens in letzter Sekunde erschien und gar nicht zerknirscht erklärte, da habe er wieder einen *bug* entdeckt, einen Fehler im Programm, man müsse sich bedauerlicherweise vertagen. Siegfried nahm das jedes Mal zum Anlass, eine Flasche aufzumachen. Ich glaube, jeder außer Ernst war froh um den Aufschub. Ich jedenfalls. Ernst hatte uns eingeschärft, dies sei die eine und einzige Wahl. Wir würden sie nicht wiederholen. Außer das System breche zusammen; was aber unwahrscheinlich sei. Eher fiele uns ein Meteorit aufs Dach. Andererseits wollte ich die Sache hinter mir haben.

Er kam mit einem dieser damals neuartigen zusammenklappbaren Rechner. Die Stimmung war festlich. Eine Flasche Champagner stand im Kühler bereit – für den Erfolgsfall. Sonst: ein schwerer Rotwein zur Betäubung.

»Das war ganz schön komplex«, sagte Ernst. »Es sind ja einige Eventualitäten zu berücksichtigen.« Er hätte diese wohl gerne erklärt, so wie er in die Runde schaute, aber das ignorierten wir lieber. Er stellte den Apparat auf den Tisch, so dass wir Blick auf den Bildschirm hatten. Wir guckten alle hin und verstanden nichts. Über den kleinen grauen Monitor liefen Codezeilen, Hunderte, Tausende fleißige Wortameisen.

»Viele Monate Arbeit und unzählige Zeilen von Programmiercode«, tönte Ernst, »und das ›Todesengelprogramm‹ ist endlich fertig –«

»Muss das denn wirklich so heißen?«, sagte Heinrich. »Das ist doch wohl einen Tick zu theatralisch für solch einen morbiden Zweck.«

»Wenn du einen besseren Namen hast, lass hören.«

PC-*Ableben*, dachte ich, an Anlehnung an das Programm, mit dem ich Banküberweisungen machen konnte. *Drücken Sie Start um zu beenden.* System herunter- oder doch hinunterfahren.

Die Reihenfolge der »Todesengel« stand für mich fest. Es war nicht schwer gewesen. Dennoch ist es eine seltsame Frage: Na, und von welchem Ihrer besten Freunde würden Sie sich am liebsten ins Jenseits hinüberhelfen lassen? Wobei es für *ins Jenseits hinüberhelfen lassen* auch andere Ausdrücke gäbe.

Auf dem Monitor erschien ein kleines Fenster, das so ähnlich aussah wie dieses, das ich als Papierausdruck bei Ernsts Unterlagen gefunden habe und das ich mir erlaube, zur besseren Verständlichkeit zu diesen Seiten zu legen:

Kann sein, dass es spätere Versionen gab. Aber wie man sieht, hatte Ernst geschmackvollerweise auch eine Reihe von Kästchen eingebaut, um die Abgänge zu vermerken. »Jetzt habt euch nicht so, es ist nun einmal genau das, was es ist«, sagte Ernst, »zweckmäßig eben.« Er rückte den Rechner zurecht und räusperte sich:

»Ich beginne damit, dass ich unsere Namen eingebe. Wer jetzt seinen Namen sagt und zulässt, dass ich den hier eintippe, der ist dabei, und der bleibt dabei. In Ordnung?«

»Ja«, murmelten wir.

»Carl?«

»Ja.«

»Jetzt ich, Ernst. Ich sage ja. Du, Wilhelm?«

»Ja.«

»Heinrich?«

»Heinrich?«

»Ja.«

»Siegfried?«

»Wenn es sein muss. In Dreiteufelsnamen ja.«

In den Textfeldern standen nun unsere Namen. Dieses Bild des Programmfensters besitze ich nicht, hier eine Abbildung aus den Probeläufen, die Ernst machte:

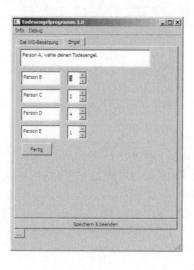

Er zeigte mit dem Radiergummiende eines Bleistiftes auf den Bildschirm: »Hier oben steht, wer dran ist. Du, Carl, also als Erster. Mit den Kästchen neben unseren Namen legst du die Reihenfolge fest. Deine erste Wahl erhält die Nummer 1, die zweite Wahl die 2 und so weiter. Das Programm ist so intelligent, dass der ›Fertig‹-Knopf erst dann eingeblendet wird, wenn die 1-2-3-4-Reihe vollständig ist. Da kann man einfach nichts falsch machen.«

»Na toll«, sagte Siegfried. Und ich gab dem Minderwertigkeitskomplex nach, der Philosophen und andere Studierte des Nutzlosen so peinvoll ergreift, wenn die Macher und Techniker wieder eines ihrer feurigen Pferdchen auf die Weide treiben. Ich zitierte Spinoza: *sane sicut lux se ipsam et tenebras manifestat, sic veritas norma sui et falsi est.* Also ungefähr: Wo man nichts falsch machen kann, kann man auch nichts richtig machen. Ja, so sei das vor dem Computerzeitalter gewesen, sagte Ernst, im alten analogen Denken. So aufgekratzt kannten wir ihn gar nicht. Wie dem auch sei, sagte er, die Auswahl werde dann – verschlüsselt – in einer Datei gespeichert, das könne kein Geheimdienst auf der Welt knacken, und wenn man auf »Nächster« klicke, sei der nächste Bewohner aufgerufen.

Während die anderen etwas abseits gingen, nahm ich den Platz vor dem Computerbildschirm ein. Da stand: *Carl, wähle deinen Todesengel.* So muss man sich von einer Maschine anreden lassen. Kann die nicht wenigstens Sie sagen? Irgendwie war mir zwischen Lachen und Weinen.

»Es müsste eigentlich ›deine Todesengel‹ heißen, es gibt ja mehrere«, sagte ich zu Ernst hinüber. Doch Kritik an seinem Programm konnte er nicht ertragen; er war sichtlich nervös.

»Hat da jetzt jeder was zu meckern? Wer von euch hat sich denn eingebracht? Wo war denn *euer* Input?«

Nach einigen Sekunden hatte ich die vier Namen in der vorbedachten Reihenfolge. Ich drückte »Fertig« und dann auf »Nächster«. Die Ziffernfelder sprangen zurück auf die Ausgangsstellung. So konnte Ernst nicht sehen, wen ich ausgesucht hatte, genauso wenig wie Wilhelm sehen würde, wie Ernst gewählt hatte. Der tat das routiniert und schnell.

Ich schob Wilhelm näher an den Tisch heran. Er tastete nach der Maus und machte ein paar fahrige Bewegungen. Wir anderen zogen uns ans andere Ende des Raums zurück. Auf den Bildschirm konnten wir nicht sehen. Man hörte Mausklicken. Sehr viele Klicks.

»Verdammt«, sagte Wilhelm nach ein paar Minuten. »Warum müssen diese Scheißpfeilchen so winzig sein?«

»Seniorengerecht kann man dein Design nicht eben nennen«, sagte Siegfried. Ernst hob die Schultern. Das sei aus dem Standardbaukasten für grafische Oberflächengestaltung.

»Nach 4 kommt wieder 1«, stöhnte Wilhelm, »was ist das denn nun?«

»Mach einfach deine Reihe, lass dir Zeit«, sagte ich.

»Umbringen könnt ihr mich, aber einem Mann mit Parkinson am Computer helfen, das geht nicht, soso«, sagte Wilhelm. Schweiß glänzte auf seiner Stirn. Er sah alt und krank aus in dem bläulichen, gräulichen Monitorlicht. Noch älter, noch kränker.

Noch ein paar Klicks, und der Elektrorollstuhl surrte.

Auf dem Weg zur Terrassentür warf er zwei Sessel um. »He, das ist doch kein Autoscooter hier«, rief Siegfried. Wilhelm stoppte kurz vor der Glasfront und starrte hinaus auf den See. Oder auf Martins Grab. Wer weiß.

Heinrich und Siegfried machten ihre Eingaben zügig und schweigend. Ernst klappte dann den Laptop zusammen und hielt noch einmal den technischen Vortrag, von wegen alles sicher und so weiter, und er garantiere einen *lifelong support* für Hard- und Software. Das war schon wieder lustig.

Siegfried öffnete bedächtig den Champagner. Kaum dass es vernehmbar zischte, als er den Korken aus dem Flaschenhals zog. »So«, sagte er, »wir tun es also. Ich darf an meine alte Frage erinnern: *Wie* tun wir es?«

»Ah«, sagte Ernst, »stimmt. Das findet sich dann. Es gibt überhaupt noch einiges an diesem System zu optimieren. Aber haben wir es eilig?«

Ich dachte: Im Grunde war das die Erneuerung unserer alten Blutsbrüderschaft. Die Kraterlandschaft beim Teich: wir und ein Taschenmesser. Der Schnitt wurde zwischen Daumen und Zeigefinger gesetzt. Jeder musste es selbst tun und durfte keine Miene dabei verziehen.

Siegfried füllte die Gläser. Wir gingen hinüber zu Wilhelm, der noch immer nach draußen starrte. Wir stießen an, und ein jeder dachte an sein Ende, wann und wie und durch wen es ihn ereilen würde. Ich kann mir jedenfalls nicht vorstellen, dass jemand in solch einer Situation an irgendetwas anderes denken könnte.

21

Das mit dem Altern beginnt sofort nach der Geburt. Als Baby konnte ich mich mühelos mit dem großen Zeh am Ohr kratzen. Davon gibt es ein Foto. Das ganze Elend fängt mit dem ersten Atemzug an. Immer geht irgendwas irgendwann nicht mehr so wie zuvor. Zwar kommen viele Jahre lang auch neue Fertigkeiten hinzu; das mag zu der Täuschung beitragen, es ginge nur aufwärts. Aber viele Jahre lügt man sich etwas vor. Über den ach so niedrigen Zaun springt man nicht, weil man es nicht könnte. Nein, es ist kindisch oder unreif. Man muss sich ja nicht dauernd dieses oder jenes beweisen.

Für die anderen kann ich nicht sprechen. Mir fiel das Buch, das ich las, irgendwann von der Bettkante. Weil ich es immer weiter hinausschieben musste. Danach kam die Lesebrille. Ich lief eine Treppe im Verlag hinunter, und ich merkte, wie meine Brustmuskeln mitwippten. Das war früher härter, straffer gewesen. Socken anziehen, auf einem Bein stehend – lieber nicht. Oder nur direkt neben dem Bett. Diese Rundung, die sich irgendwann schmeichelnd in die über dem Bauch verschränkten Hände wölbt, dass man sie gedankenverloren zu streicheln beginnt. Als ich das zum ersten Mal bewusst bemerkte, schrie ich fast auf. Dabei sind das nur die körperlichen Dinge. Die schrecken mich wenig. Dass mir die Haare ausfallen, dass ich nicht mehr schnell laufen, schwer heben kann, dass ich früh müde werde – egal. Ich versuche das von der anderen Seite her zu denken: Es gab eine Zeit, da konnte ich nicht gehen, es gab eine Zeit, da hätte ich eine Mutter nicht auf eine Schraube drehen können, da konnte ich keinen geraden Buchstaben malen: Dahin kehre ich nur zurück. Und es gab eine Zeit, da war ich gar nicht da – wo war ich da?

Und das mit der Vergesslichkeit: Ich stelle mir vor, es säße eine zweite Person in meinem Kopf, durchaus ein Schreibtischtyp, meinetwegen sogar in Ärmelschonern, über dessen Schreibtisch alle meine Erinnerungen gingen. Der hätte in jedem einzelnen Fall zu entscheiden – Archiv oder Mülleimer. Diese Person hat einen undankbaren Job, dabei tut sie mir Gutes. Zumindest in den frühen, früheren Jahren: Wie viele Peinlichkeiten, Niederlagen und Blamagen lässt sie in den Eimer fallen. Wie viele Zurückweisungen, Fehlentscheidungen, Schmerzen. Diese Person trimmt die Ballonfahrt meines Lebens, wirft den Ballast ab, bewahrt das Schöne und das, was sie für behaltenswert hält. Sie entwickelt da wohl ein eigenes System (ich erinnere mich manchmal an Dinge, da frage ich mich, warum *ausgerechnet das* noch in meinem Gedächtnis ist). Aber irgendwann fangen wir an, sie zu beschimpfen. Wenn wir uns an etwas nicht erinnern, ärgern wir uns – dann beschimpfen wir diese Person, die natürlich mit uns altert. Vielleicht ist es diese Kränkung, die es verursacht: Die Person beginnt, die falschen Erinnerungen aufzubewahren, holt andere nicht mehr aus der Ablage und macht ganz allgemein Chaos im Archiv.

Ich habe das so, in der Art, einmal einem meiner Enkel erklärt, bei einem seiner seltenen Besuche. Ich musste kurz improvisieren, denn ich hatte seinen Namen vergessen, was er nicht so gut fand (aber nichts im Vergleich zum Gesicht seiner Mutter). Der Kleine war immerhin so freundlich, dem alten Spinner eine Minute zuzuhören, bevor er hinunter zu Ernsts Eisenbahnanlage rannte. Und meine Gedächtnisperson war immerhin so freundlich, die Geschichte bis zu dieser Niederschrift aufzubewahren.

Jedenfalls gefiel mir diese Geschichte besser als die trockene Wissenschaftlichkeit, mit der das Vergessen und dann der Totalausfall des Gedächtnisses heute erklärt werden. Oder die Versuche. Ich habe versucht, meine Gedächtnisperson zu ehren. Wenn mir etwas nicht einfiel, dann nahm ich es hin. Bin damit, so weit, gutgefahren. Manchmal sitze oder liege ich einfach nur da, in meiner Bibliothek, bei schönem Wetter unten am Steg, und mache eine Kreuzfahrt durch meine Erinnerungen. Ganz ruhig, ohne Zorn, ohne Erregung.

22

Was kann man über Wilhelm sagen? Sehr intelligent. Warum er ausgerechnet Jura studieren musste, weiß keiner. Musisch begabt. Seine Eltern fürchteten vielleicht die Vorstellung eines blassen Kirchenorganisten. Jura versprach sicheres Auskommen im Staatsdienst, exzellente Noten vorausgesetzt; für Wilhelm kein Problem. Juristen brauchte man damals, man hätte mehr gebraucht, wenn man die alten, die noch Nazirecht (braucht das Gänsefüßchen?) gesprochen hatten, aus dem Verkehr gezogen hätte. Diese Leute waren Wilhelms Lehrer. Die brachten ihm bei, was nicht in den Buchstaben des Gesetzes zu finden war. Diese Härte und eine gewisse Sturheit.

Was nicht heißt, dass er nicht gelegentlich auf wunderliche Ideen kam – siehe Martins Umbettung von seinem Grab in der kleinen Stadt auf unser Grundstück, damit er »nicht so allein« sei. Eine wunderliche Idee, aber dann baute er ein Zäunchen aus Recht und Regeln drumherum und ein Türchen, aus dem die Idee dann irgendwann in die Wirklichkeit trat.

Wilhelm war am engsten mit Martin gewesen. Aus einem ganz gewöhnlichen Grund: Modelleisenbahnen. Die beiden besaßen Fabrikate vom System »Zweischienengleichstrom«, wir anderen fuhren auf »Dreischienenwechselstrom mit Mittenkontakt«. Ich muss ja keine Markennamen nennen. Das glich einer Glaubensfrage. Konvertieren war ausgeschlossen, die Lokomotiven des einen konnten nicht auf den Schienen des anderen Systems fahren. So warfen Wilhelm und Martin ihr rollendes Material und die Gleise zusammen, um an regnerischen Nachmittagen gemeinsam zu spielen. Wir anderen vier bauten im Keller von Siegfrieds Haus riesige Schienennetze aus unseren Beständen. Diese Systemfrage war, soweit ich mich erinnere, das Einzige, was uns trennte. Natürlich, dass die beiden Dinge besprachen, die sie mit uns anderen nicht besprachen. Wilhelm hat sich auch immer vor Martin gestellt, der als Kleinster immer ein bisschen mehr abbekam, als ihm eigentlich zustand. Da war Wilhelms Gerechtigkeitssinn noch in Ordnung und nicht durch ein Jurastudium verdorben.

Nach Martins… Unfall, wir sagten Unfall, wollte Wilhelm eine Art Tribunal veranstalten. Ein seltsames; wir sollten Ankläger und Angeklagte zugleich sein und auch noch ein Urteil sprechen. Zu seinen Schätzen zählte eine zerfranste, klammergeheftete Broschüre mit dem Titel *International Military Tribunal – Nuremberg Germany – 1945–1946*. Auch Wilhelms Vater war Anwalt gewesen, vielleicht hatten die Amerikaner ihn einmal als Prozessbeobachter eingeladen und ihm eine solche Druckschrift in die Hand gedrückt. Sie enthielt die Anklage und kurze Biographien der Hauptangeklagten. Was uns und vor allem Wilhelm faszinierte: In der Broschüre gab es einen Plan des Gerichtssaals, in dem eingezeichnet war, wer wo saß. Auf Platz 13 Göring, auf 14 Heß, auf 15 Ribbentrop,… die ganze

Bande, bis 33, »Fritsche« (hätte Fritzsche heißen müssen). An der Wand gegenüber das Tribunal: der Engländer Lawrence, der Amerikaner Biddle, ein Russe namens Nikitschenko. Die anderen habe ich vergessen. Mir gefiel die Pressetribüne, die fast ein Drittel des Saals einnahm: Augen und Ohren der Welt. Ernst rätselte immerfort über Nummer 45, IBM *apparatus control*. (Das Ding hatte etwas mit der Simultanübersetzung zu tun, wie wir später erfuhren.) Er bastelte sich aus einem Margarinekarton und ein paar Kochlöffeln seine eigene »Apparatus Control«. Und hielt sich ansonsten heraus aus dem Tribunal. Wilhelm blühte auf als einer der Richter. Biddle, meine ich. Ich mimte die Weltöffentlichkeit und saß mit einem Block Papier auf der Wohnzimmercouch in Wilhelms Elternhaus. Den Bleistift hatte ich hinters Ohr gesteckt, wo er auch blieb, weil es nichts Vernünftiges zu protokollieren gab. Mit einem Kissen unter dem Pullover spielte Siegfried Feldmarschall Göring, um Wilhelm zu ärgern. Heinrich fand sowieso alles blöd. Aber Wilhelm war wild entschlossen, das Tribunal durchzuziehen.

»Wir alle sind angeklagt, und wir alle klagen uns an, unseren Freund Martin auf dem Eis allein gelassen zu haben und seinen Tod somit, ja, irgendwie, mitverschuldet zu haben«, sagte Wilhelm. Er war im Stimmbruch, sehr feierlich klang das nicht. »Was haben wir zu unserer Verteidigung zu sagen?«

»Fang du an, Wilhelm«, sagte ich.

»Wir wussten doch, dass man ihn nicht alleine lassen kann«, sagte Wilhelm.

»Du auch«, sagte ich.

»Ich habe nur Befehlen gehorcht«, tönte Göring alias Siegfried.

»Moment, ich muss das übersetzen«, sagte Ernst und betätigte einen der Löffelhebel an seiner IBM *apparatus control.*

»Aber Verantwortung, so was gibt es!«, brüllte Wilhelm.

Das Tribunal schleppte sich noch ein wenig dahin, kam aber zu keinem Urteil. So war Wilhelm, noch lange bevor er zu dem Wilhelm wurde, der er *auch* war.

23

Erst entzündete sich ein gekapptes Nervenende am Beinstumpf, dann kam eine Infektion unklaren Ursprungs hinzu. Binnen dreier Tage war Wilhelm auf ein träges, schweres Stück Mensch reduziert, das kaum noch redete und nicht antwortete, wenn man es ansprach. Unser Dorfarzt, damals noch in nichts eingeweiht, erschien mehrmals und riet dringlich zu einer Einweisung. Welches so gut wie das einzige Wort war, auf das Wilhelm noch reagierte, und zwar ablehnend. Er verzog das Gesicht und hielt dem Arzt beide Handflächen entgegen. Der Arzt überließ es uns, Wilhelm zu überreden. Zu viert standen wir um ihn herum.

»Das ist ein schönes Krankenhaus«, sagte Heinrich, »man hat sogar Seeblick, als Patient erster Klasse.« Zur Antwort drehte Wilhelm bloß den Kopf in Richtung Fenster. Der See funkelte. Ich sagte, es ginge doch wohl nur darum, diese Infektion rasch in den Griff zu bekommen. Einige Tage, und er wäre wieder zu Hause. Wilhelm schnaubte verächtlich. Er hob die Hand mit dem ausgestreckten, zitternden Zeigefinger und zielte in einem langsamen Schwenk auf jeden, aber keinen Besonderen von uns. Kam mir vor. Dazu sagte er mehrfach etwas, was kaum zu hören war. Was sagt er, flüsterte Siegfried. Heinrich, der am nächsten dran stand, hob die Schultern, ich ebenso. Dabei hatte ich durchaus verstanden. Man konnte es von den Lippen ablesen: To-des-en-gel.

Ein paar Stunden später kam ein Rettungsauto und holte ihn ab. Ernst fuhr im Wagen mit, wir drei in Siegfrieds Porsche.

»Wenn ich so ein Blaulicht hätte«, sagte Siegfried ein paarmal, »so ein Blaulicht.«

Wir machten einen gehörigen Wirbel auf der Station, bloß durch unseren Auftritt, so wie damals in der Kirche. Wilhelm erhielt ein Einzelzimmer mit Seeblick, wie erwartet, und wurde umgehend an alle möglichen Kabel und Schläuche gebunden. Der Chefarzt erschien, nachdem seine Sekretärin einen Strauß Blumen auf das Nachttischchen gestellt hatte (wir hatten so etwas natürlich vergessen), nickte uns huldvoll zu, besah sich alles, ließ seinen Oberarzt noch ein wenig an den Apparaten herumpegeln, tätschelte dem Patienten die Hand, sagte so etwas wie: Das kriegen wir schon wieder hin, und verließ den Raum unter abermaligem huldvollem Nicken. Ich sorgte dafür, dass Wilhelm sein Essen aus dem benachbarten Hotel erhielt und nicht aus der Krankenhauskantine. Siegfried stellte den Golfkanal auf dem Fernsehgerät ein.

Half alles nichts.

Die Infektionswerte explodierten innerhalb eines halben Tages. Sie brachten ihn auf Intensiv. Er lag im künstlichen Koma. Wir wechselten uns ab und dösten an seiner Bettseite. Er wachte wieder auf und brabbelte wirre Dinge. Wollte seine Golfschläger. Brachten wir. Wollte eine bestimmte Strickjacke. Brachten wir. Alles Mögliche, wir brachten es. Wir warteten und hofften, dass er noch einmal zu uns zurückkäme. Darauf gewettet hätte niemand.

Aber Wilhelm war zäh. Nach ein paar Tagen nahmen sie ein paar der Messkabel und der Ver- und Entsorgungsschläuche weg, dann den letzten. Es konnte weitergehen. Nur wie? Ich besah mir das, auf der Fensterbank sitzend, und dachte: Siehst du, man kann mehr als einmal im Leben abgenabelt werden. Und jedes Mal bedeutet es dasselbe: Hier, bitte, hast du ein Leben, kümmer dich drum. Und nein, du wirst schon wieder nicht gefragt.

Ich drehte das Golf-TV ab und sein Bett Richtung See, damit er die Segelboote besser sehen konnte. An einem Nachmittag bald darauf, während wir auf den Krankentransportwagen warteten, schauten wir beide einem schönen Drachenboot zu. Es hatte einen leuchtend violetten Spinnaker gesetzt und zog in einer flauen Föhnbrise nordwärts. Als wir zu Hause ankamen, in der WG, sah Wilhelm wieder aus dem Fenster, auf das Boot mit dem violetten Spinnaker. Wir hatten einen Pflegefall.

24

Und wie geht das?«, fragte Heinrich. »Sollten wir uns nicht doch jemanden holen?«

In Wilhelms Zimmer stand jetzt ein hochmodernes Krankenbett, »mit allen Schikanen«, wie der Verkäufer sich auszudrücken beliebt hatte. Schult diese Leute denn keiner?

»Wie weit entfernt ist das elektrische Bett vom elektrischen Stuhl?«, sagte Siegfried.

»So weit wie die elektrische Heizdecke vom Waffeleisen, du Witzbold«, sagte Ernst, und Siegfried: »Ich hoffe nur, dass du das Bett nicht an deine Hausautomatisierung angeschlossen hast.«

»Das mach ich dann bei dir«, antwortete Ernst, »und wenn du störst, klappe ich dich zwischen Fuß- und Oberteil zusammen wie ein Sandwich, ferngesteuert.«

»Lasst einmal dieses Geflachse«, sagte ich.

Ich mag es nicht, wenn einmal und mehrfach besprochene Dinge wiederaufgetischt werden. Wir hatten beschlossen: Wilhelm kommt zurück, wir kümmern uns um ihn. Wir hatten uns das im Krankenhaus erklären lassen. Er war kein schwerer Fall. Er brauchte keine spezielle Wundversorgung, hing nicht am Tropf. Es würde reichen, wenn der Dorfarzt alle Tage zur Kontrolle käme und Blut abnähme und täte, was sonst nötig sei. Wir – und der huldvolle Chefarzt – rechneten ohnehin mit einer Besserung seines Zustands. Verdammt, wir müssten es wenigstens versuchen. Wir waren zu viert und hatten alle Zeit der Welt. Es gibt Berufstätige, Menschen mit kleinen Kindern, die müssen einen Angehörigen pflegen. Die schaffen das auch. Vermutlich kam bei uns allen der alte Machismo auf. (Obwohl unser Machismo früher mühelos dazu gereicht hatte, unangenehme Aufgaben sofort an jemanden abzugeben.) Weiß nicht: Wollten wir unsere Freundschaft testen? Nach siebzig Jahren oder so eine neue Mutprobe? (Davon gab es viele. Aber das ist die folgenreichste: Wir haben das Eis getestet. Wir sind in einer Reihe, mit ausgestreckten Armen, bereit, um links oder rechts eine Hand zu packen, über das Eis gegangen, alle sechse. Wenn du es nicht tust, bist du feige. Dummheiten, die man nur in der Gruppe macht. Dann gab es zwei Tage Tauwetter. Der Rest ist bekannt.)

Wir stellten einen Plan auf. Es war Ernst eine Freude, das zu programmieren. Auf einem kleinen Monitor an der Kühlschranktür war zu lesen, wer Dienst hatte. Bei der Morgentoilette, beim Bettfertigmachen. Ausflug mit dem Rollstuhl. Rufbereitschaft, wenn Wilhelm nachts rausmusste. Gut, Schlafqualität war bei keinem von uns mehr das bedeutendste Kriterium von Lebensfreude. Entscheidend ist die Nähe. Erschreckend ist die Nähe. Als Buben haben wir Wettpinkeln veranstaltet. Ich weiß, wie ihre Dinger aussehen, aussahen. Als wir Jungs waren, kehrte die Schamhaftigkeit zurück. Andere Zeiten. Aber Jungs machten damals, was Jungs immer machen. Von den Mädchen weiß ich nichts. Nicht nur andere Zeiten, eine andere Welt.

Wir waren Freunde, wir schliefen in Zelten eng aneinander geschmiegt, weil es kalt war, es gab keine Schlafsäcke mit Kunstfasern aus der Raumfahrt, es gab keine Raumfahrt, noch nicht einmal den öde piepsenden Sputnik, es gab verschlissene Wolldecken von der Wehrmacht und die Anspielungen meines Vaters: Na, ihr Spießgesellen, wollt ihr nicht mal ein, zwei Mädchen in eure Bande aufnehmen? Ich kapierte gar nicht, was er eigentlich meinte. Nein, wir wahrten Distanz, wir taten nichts Ungehöriges. Was auch immer das ist.

Und dann muss man viele, viele Jahre später einem seiner besten Freunde in die Unterhose greifen und – gut, ist dann auch vorbei, aber dann erst. Ich wollte den Bund der Unterhose wieder nach oben ziehen, da versteifte Wilhelm seinen Körper. Für die Nichtbeschnittenen gibt es zwei Möglichkeiten, den … letzten Tropfen zu verlieren – und so unschuldig war unser Verhältnis noch nach Jahrzehnten, dass ich nicht wusste, welche er bevorzugte. So wandte ich das eine Verfahren an, und ich merkte an seinen missbilligenden Geräuschen, dass es nicht das richtige war. Dieses andere hatte man in unserer Jugend, so lächerlich wie der Gedanke nun klingt, mit dem Onanieverbot in Zusammenhang gebracht. So was vergisst man nicht, ich nicht, und jeden Tag hat man mehrere Gelegenheiten, daran zu denken. Später dann griff ich schwungvoll nach der Toilettenpapierrolle. Hätte ich gleich darauf kommen sollen.

Gewöhnung spielt eine Rolle, macht aber manche Arbeiten nicht einfacher. Heinrich bekam es mit der Bandscheibe, nachdem er versucht hatte, Wilhelm von der Toilette in den Rollstuhl zu heben. Siegfried stellte fest, dass er mit bestimmten Gerüchen weniger und weniger zurechtkam; hier versagte die Gewöhnung. Unser Patient wurde gelegentlich bockig (nichts gegen das, was wir später mit Heinrich erlebten). Seit einem kleineren Schlaganfall hatte er große Mühe beim Sprechen, und ich glaube, bald einmal sagte er sich, wozu die Mühe?, und sprach so gut wie nichts mehr. Er wirkte nicht unzufrieden, aß mit Appetit, guckte sonntagabends mit uns den *Tatort* und sonst gerne aus dem Fenster auf den See hinaus.

Monate vergingen. Wir hielten ihn sauber und – weitestgehend – bei guter Laune. Aber so langsam zeigte sich, dass, wer nicht gerade Dienst hatte, froh war, ihm nicht zu begegnen. Wir haben keine Quality Time mehr mit Wilhelm, sagte Ernst, ich sehe da immer nur ein Problem, das zu lösen ist. Was ich natürlich gerne tue.

Wir alle lernten im Umgang mit Wilhelm eine neue, ja man kann sagen Zärtlichkeit im Umgang miteinander. Ich habe einmal gesehen, wie Siegfried ihn wusch. Mit einem weichen Badeschwamm, wie er ihn abtupfte. Siegfried, das Rauhbein, der lieber einen guten Freund riskierte, als eine Pointe zu unterdrücken. So geht er sonst nur mit seinen feinen Ingredienzien um, beim Kochen, mit den Trüffeln, wenn er Eigelb von Eiweiß trennt (Hummer nach wie vor ausgenommen, der findet seinen Weg ins kochende Wasser, ohne dass Siegfried mit der Wimper zuckt). Man lernt Geduld und Demut beim Pflegen. Man kann über den Rentner vorne an der Kasse schimpfen, der seine Pfennige ausleert und sagt: Warten Sie, ich hab's passend, und wenn man irgendwann selber dran ist, tut man das Gleiche, unter dem Gemurmel derer, die einem nachfolgen. Weiß nicht, was die anderen für eine Taktik entwickelten, ich stellte ihn mir immer als den jungen Kerl vor, der aus dem Birnbaum gefallen war, zu unser aller lähmendem Entsetzen reglos im Gras lag, den wir anstupften, damit er bitte, bitte, bitte wieder zum Leben erwachte, den ich in den Armen wiegte, bis er endlich ein Auge öffnete (das andere war zugeschwollen) und die Finger seiner eiskalten Hand ausstreckte. Und kurz danach die Zunge. Mit einem schmerzverzerrten, aber diabolischen Grinsen.

Wie so oft bei uns geschahen die Dinge dann recht schnell. Wir erklärten die vergangenen Monate zum Experiment – gelungenen Experiment – und beschlossen, uns Hilfe ins Haus zu holen. Wir erklärten es Wilhelm, und wer wollte, konnte seinen Kommentar zur Sache verstehen als: »endlich Fachpersonal«.

25

Sie kam zu uns aus Bischkek in Kirgisistan. Damen aus Polen oder Tschechinnen waren zu der Zeit schon kaum mehr zu haben. Sie hieß Katarina und war eine Pflegeschwester, falls es nötig ist, dies zu betonen. Wir hatten sie im Internet über eine Agentur gefunden, sie hatte uns ihre Diplome und Zeugnisse per E-Mail geschickt. Auf Kirgisisch und Russisch. Und ein Foto von ihr in Schwesterntracht. Lesen konnten wir das alles nicht, aber so gut funktionierten die Augen schon noch; vor allem bei Siegfried. Aber um nicht in den Ruf zu kommen, er entscheide nur nach schönem Schein, trieb gerade er besonderen Aufwand. Er forschte nach, ob die von ihr genannten Institutionen auch wirklich existierten, ließ die Dokumente übersetzen und von unserem Hausarzt begutachten, der sie für seriös hielt. Die Dokumente und die Dame.

In der Woche vor ihrer Ankunft herrschte gespannte Freude im Haus. Ich meine, wir standen öfter vor dem Spiegel; ich selbst nahm die Sache zum Anlass, mich wieder etwas gepflegter zu kleiden und sorgsamer zu rasieren. Sogar die Nasenhaare trimmte ich sorgsamer als sonst. Selbst Wilhelm schien uns etwas lebendiger. Katarina sollte den Raum im Dachgeschoss erhalten; jenen, welcher früher einmal für den sechsten WG-Genossen gedacht war. Ich schlug vor, den Raum einzurichten. Ich sagte sogar »feminin einrichten«.

»Wenn du weißt, wie man so etwas macht, nur zu«, sagte Ernst. Die anderen wollten gar nicht mehr aufhören zu lachen, aber schließlich hatte ich Töchter, die einmal jung gewesen waren, und daher zumindest eine Ahnung von solchen Dingen. Tja, von wegen. Ernst, Heinrich und ich machten eine Expedition in so ein Möbelhaus für junge Leute. Wir schoben unseren Wagen durch ein Labyrinth von Schnickschnack und sahen zuerst überhaupt keine Möbel. Bloß Duftkerzen, Blumentöpfe, Handtücher, Vasen, Lampen, Teppiche, Kissen, Vorhänge. Was rot oder rosa war, ein Blumenmuster trug: kauften wir alles. Einen riesigen Sack Weingummi, für uns. In der Möbelabteilung kurvten wir wieder endlos und ratlos herum, aßen zwischendrin Fleischklopse im Möbelrestaurant, kurvten wieder herum, bis Ernst einen Informationsstand ansteuerte. Die diensttuende Dame sah drei alte Männer mit einem Wagen voller – irgendwie unpassender Gegenstände. Dann fragte einer der alten Männer auch noch nach der Einrichtung eines »Mädchenzimmers«. Da schien die Wohnberaterin geneigt, nach dem Telefon zu greifen und die Polizei anzurufen. Wir amüsierten uns prächtig und klärten sie über den Sachverhalt auf. Ich glaube, sie war nicht überzeugt, denn das weißlackierte Metallbett mit Himmel, das uns gut gefiel, wollte sie uns gar nicht verkaufen; das Modell sei doch von wackliger Qualität und gerade und auf längere Sicht nicht lieferbar. Vielleicht stellte sie sich vor, dass man an den Gitterstäben Handschellen bequem befestigen könnte. Jedenfalls dachte ich mir damals, im Möbelhaus, sie könnte so etwas denken.

Das ist nicht so abwegig. Dem alten Mann, noch dazu dem gepflegten, dem mit dem Seidenfoulard um den Hals, dem mit dem blauen Blazer samt Goldknöpfen, dem alten Mann ganz allgemein wird Lüsternheit unterstellt. Er mag nicht rüstig wirken, aber das Mindeste, was man ihm zutraut, sind schmutzige Gedanken. Einmal musste ich in die Stadt zu einem ärztlichen Spezialisten, ich war zu früh und wartete auf einer Bank im nahen Park. In der Nähe eines Spielplatzes. Ja, ich sah auch den Kindern zu, wie sie von den Gerüsten fielen, wie sie Sand aßen, wie sie mit ihren Eltern um die Spielgeräte kämpfen mussten, weil die ihnen ständig irgendetwas vormachten, anstatt die Kleinen in Ruhe miteinander spielen zu lassen. Die Kinder trugen alle so altmodische Namen. Wenn ich die Augen schloss – das ganze Rufen und Scherzen hätte auch siebzig Jahre früher stattfinden können. Es machte mir Spaß. Nach fünfzehn Minuten kamen zwei junge Frauen und ein junger Mann auf mich zu. Was ich hier so tue, warum ich hier sitze. Warum ich immer so auf die Kinder starre. Der Mann hob die Hand, in der er eine Kinderschaufel aus Plastik hielt. Er drohte mir, so lächerlich das aussah. Ich sagte gar nichts und ging. Aber der Vorfall hat mich mitgenommen. Wer will schon unter Verdacht gestellt sein. Inzwischen traue ich mich schon fast nicht mehr, jungen Hunden beim Spielen zuzusehen (heißt man mich sonst einen Sodomiten?), und Kinder ignoriere ich nach Möglichkeit.

Zwei freie Mitarbeiter des Möbelhauses, Neonazis aus Sachsen, kamen mit all den Paketen an, um die Möbel aufzubauen. Woher ich das weiß: Die Kerle mögen funktionale Analphabeten sein, sind aber gut beschriftet und reißen sich, wenn sie schwitzen, die Kleider vom Leib: »Skinheads Sächsische Schweiz Pirna«, »Sieg und Heil«, »Meine Ehre heißt Treue« konnte man da lesen. Letzteres der Wahlspruch der ss. Ich kenn ihn gut. Aber reden wir nicht über meinen Vater.

Diese Deppen jedenfalls sahen im Vorbeigehen Fotos unserer Väter in Uniform auf dem Kaminsims und fragten *uns* treuherzig, wo wir im Krieg gekämpft hatten. Ich sah dem einen scharf in die Augen und sagte: »Stalingrad. Da hat's uns der Russe schön gegeben.« Der andere sagte: »Aber nächstes Mal nicht mehr.«

Ernst und ich konferierten kurz. Wir ließen sie noch die Pakete nach oben schleppen. Und als sie zum Lieferwagen gingen, um ihr Werkzeug zu holen, sperrten wir sie aus. Katarina aus Kirgisistan, ehemalige Sowjetrepublik, sollte nicht in einem Mädchenzimmer wohnen, das tätowierte Neonazis zusammengeschraubt hatten (das machten dann die Söhne des örtlichen Supermarktbesitzers). Womit ich – nach einigen Abschweifungen – wieder bei Katarina bin.

Siegfried und ich holten sie vom Flughafen ab. Ich fuhr schon nicht mehr gern mit ihm. Das Tempo, in dem er chauffierte, passte nicht zu seinen Reaktionszeiten. Zwei rote Ampeln nahm er mit (»dunkelgelb«), und beim Abbiegen machte ich ihn lieber zweimal auf entgegenkommenden Verkehr aufmerksam. Ich hatte meinen Führerschein – mental – schon längst abgegeben und praktisch schon lang kein Lenkrad mehr berührt (außer wenn ich bei Siegfried eingreifen musste). Irgendwo wird er wohl herumliegen. Wenn man Siegfried auf dieses Thema ansprach, kam es ziemlich sicher zu einem Wutausbruch. Er hing an diesem Stück Papier, als wäre es ihm ein Lebenselixier. Vielleicht auch, weil das Dokument noch das alte, originale war, dieser graue Lappen, und er auf dem Foto der schwarzhaarige 21-Jährige. Als Einziger nahm er gelegentlich einen der Wagen, »für Spritztouren«, sagte er, nur zum Spaß. Ich rechnete nicht unbedingt mit seiner Rückkehr, wenn er mit dem 1971er Porsche losbrauste.

Schon wieder bin ich weg von Katarina. Es war nicht schwer gewesen, sie zu finden. Nicht *sie*, eine Pflegekraft. Es ist ein globaler Marktplatz. Jetzt, wo das Land so alt geworden ist, gibt es kaum mehr eine rechtliche Einschränkung für diese Art von Arbeitsmigration. Sie kommen mit

Pflegevisum. Ich weiß gar nicht, was diese vielen, noch relativ jungen Menschen hier tun werden, wenn wir alle gestorben sind. Vielleicht pflegen sie sich irgendwann gegenseitig. Aber das ist nicht mein Problem.

Sie sah nicht aus wie auf dem Foto, weswegen wir sie nicht erkannten, als wir verspätet eintrafen (wir hatten uns in den Parkhäusern verfranzt). Sie war etwas fülliger, als man hätte vermuten können, und – sie sah einfach *anders* aus. Siegfrieds Gesicht sah ebenfalls anders aus als noch Sekunden zuvor. Katarina hatte uns auch ohne Fotos erkannt – oder richtig vermutet – und gesagt: »Ich bin Katarina.«

»Aber ganz bestimmt nicht«, sagte Siegfried. Wir dirigierten sie in eine dieser Airportgaststätten, wo es *Jumboburger* gibt und auf der reichbebilderten Karte *Destination Heißhunger* steht. Es brauchte viele Worte und Geraschel mit exotischen Identitätspapieren, bis wir verstanden: Sie war die Katarina der Diplome und Zeugnisse. Das gemalte Foto nicht. Das zeigte irgendeine Freundin. Katarina hatte damit ihre Chancen erhöht. Als ob das Aussehen bei uns noch eine Rolle gespielt hätte. Für Siegfried, ja. (Ich weiß schon noch, was schön ist, meinetwegen »sexy«. Aber es hat keine Bedeutung im Sinne von Begehren mehr. Heute geht das Begehren meist einher mit einem leisen Bedauern.)

So oder so: Die leibhaftige Katarina war nun nicht fünfundzwanzig, sondern fünfunddreißig Jahre alt. Oder mehr. Wer traut schon kirgisischen Papieren? Und ein paar Kilo schwerer. Was nicht schaden würde. Wilhelm war kein Fliegengewicht. Sie zurückzuschicken stand außer Frage, selbst wenn Siegfried zwischendrin etwas von »Vertrauensbruch«

und »Beschiss« murmelte. Sie besaß ja auch kein Rückflug-ticket. Und sie war – ist – eine gewinnende Person. Hübsch, wenn auch nicht das Model vom Foto. Tochter eines Luft-waffenpiloten, der an der Südgrenze der Sowjetunion pa-trouilliert hatte, und einer kirgisischen Mutter: daher die asiatisch anmutenden Gesichtszüge. Tja, dachte ich, auch sie hat auf Männerreflexe abgehoben. Ob ihr wohl das »Mädchenzimmer« gefallen wird? (Mir fällt gerade unan-genehm auf: »Mädchen« ist natürlich nicht wie in »Stuben-mädchen« zu verstehen. So altbacken dachten selbst wir nicht.)

Und wie ihr das Zimmer gefiel. Und das Haus, und der Garten hinunter bis zum See, und der See, und der Blick in den Süden, ans Ende des Sees, und dahinter die Alpen, bei klarer Luft zumindest. Wie in Kirgisien! (Man darf Kirgi-sistan, Kirgisien und Kirgistan schreiben.) Wilhelm, Hein-rich und Ernst meldeten keine Probleme mit der kleinen Überraschung, und schon bald schien es, als wäre Katarina schon seit ewigen Zeiten bei uns.

27

Das Einzige, was wir nicht konnten, war, einen Totenschein auszustellen. Wenn wir nicht auffliegen wollten mit unserer Tätigkeit, mussten wir den Dorfarzt einweihen. Er kam regelmäßig zu uns. Seitdem Katarina bei uns lebte, machte er sogar unangemeldete Hausbesuche – »um nach dem Rechten zu sehen, und weil ich gerade in der Nähe war«. Folgte man seinen Augen, hielt er jedoch nach Katarina Ausschau. Ernst und ich horchten ihn aus, nachdem er wieder einmal bei Wilhelm nach dem Rechten und Katarina ausgiebig auf die Beine gesehen hatte. Ich hielt ihm eine gute Kiste Davidoff hin, er griff gerne zu. Dann saßen wir eine Weile, pafften und schwiegen.

»Ach Gott, alt zu sein«, sagte ich und blies Kringel. »Wann gehen Sie eigentlich in den Ruhestand, Doktor?«

»Die Praxis schließe ich in zwei, drei Jahren. Aber die hier« – er tätschelte die abgestoßene Ledertasche – »werde ich noch eine Weile durch die Gegend tragen. Für Privatpatienten. *Besondere* Privatpatienten.«

Ich sah Ernst im Kopf rechnen. Der Arzt war einiges jünger als wir. Wir waren privat versichert. Und Katarinas Beine würden auch noch eine Weile in Form bleiben. Falls das ein Problem wäre, wir würden ihr jede OP bezahlen, die nötig werden würde.

»Schön, schön. Sie wissen, wie sehr wir Ihnen vertrauen, Herr Doktor, und nur Ihnen«, sagte ich und beugte mich vor, um sein Knie zu tätscheln. So etwas habe ich nie getan – peinlich, peinlich –, in dem Moment erschien es angebracht. Und richtig, der Doktor lächelte hoch geschmeichelt. Das ehrt mich, meine Herren, sagte er.

Ich ging jetzt volles Risiko. »Und ich weiß natürlich, dass Sie den hippokratischen Eid geschworen haben und ihn ehren, lieber Herr Doktor« – der Doktor hob die Augenbrauen, und ich schwankte einen winzigen Moment, ob ich weitersprechen solle, aber er behielt sein selbstgefälliges Lächeln –, »sehen Sie, wir sind fünf alte Narren, die sich hier« – ein Rundumschwenk der ausgestreckten Hand, eine gravitätische Geste, wie ich meine – »ihr Narrenschiff gezimmert haben. Und, ehhm, wenn Sie verstehen, wir gehen nicht von Bord, nur weil wir im Sturm des Lebens seekrank geworden sind. Wir wettern das ab, oder... also, ohne auf das Hospitalschiff hinüberzuseilen...«

»Kann mir vorstellen, was Sie meinen, ich war Marinearzt«, sagte der Doktor, »man weiß ja nicht, ob man wieder zurück an Bord darf.«

Genau. Genau. Mit meinen Worten hatte ich viel Wellen gemacht; aber der Doktor sprang elegant auf.

Außerdem: Er war es gewohnt, gekauft zu werden. Sein ganzes Berufsleben lang hatten ihn die Vertreter, pardon *Referenten,* der Pharmakonzerne mit Geschenken überschüttet. Dafür verschrieb er für eine Weile die Medikamente der Firma des zuletzt aufgetauchten Vertreters. Wenn der nächste kam, wechselte er zur anderen Firma. Bis zum nächsten. Er zeigte mir einmal seine Garage und darin sieben dieser Fahrräder, die er Mountain Bikes nannte. Man hatte ihn – den Dorfarzt, der seit Jahrzehnten auf dem Wissensstand seines Examens verharrte und lediglich eine robuste Erfahrung hinzugewonnen hatte – sogar zu »wissenschaftlichen Vorträgen« an die Côte d'Azur oder ins Engadin eingeladen. Mit Gemahlin, versteht sich. Ich spekuliere nicht: Das hat er mir erzählt. Und das soll seine Fähigkeiten als solider Diagnostiker und Praktiker auch nicht besudeln.

Wir boten ihm kein Geld, das hatte er nicht nötig. Der Doktor war eitel, aber kein schlechter Kerl, Dorfarzt und Vizepräsident des Akademischen Yachtclubs. Sein alter Vater war auch nicht in einem Krankenhaus dahingegangen, sondern… Er sprach das sogar aus: »Pünktchen, Pünktchen, Pünktchen.« Zu Hause und sanft. Privilegierte Haushalte sind das, Ärzte und Apotheker, dachte ich, wer würde da bei langem, aussichtslosem Siechtum eines Angehörigen einen natürlichen Tod annehmen? Naive Idee. Aber darüber sprach niemand. Hohe Ärztefunktionäre salbaderten (und tun es noch) um den hippokratischen Eid herum. Den legt heute sowieso kein Arzt mehr ab, und rechtlich bindend ist er auch nicht. Im *Genfer Ärztegelöbnis* heißt es: *Ich werde meinen Lehrern die schuldige Achtung und Dankbarkeit erweisen.* Im dritten Satz. Aber erst im zehnten: *Ich werde jedem Menschenleben von seinem Beginn an Ehrfurcht entgegenbringen und selbst unter Bedrohung meine ärztliche Kunst nicht in Widerspruch zu den Geboten der Menschlichkeit anwenden.* – Man ziehe seine Schlüsse.

Also, verabredet war: Siegfried würde ihn gelegentlich zu Premieren in die Hauptstadt mitnehmen. Bei Ernsts nächster Stiftungs-Klausur in Klosters konnte der gute Doktor mit Zelebritäten aus Wissenschaft und Politik schmusen. Und natürlich durfte er bei uns ein und aus gehen. Eine gute Zigarre und ein Gläschen Bordeaux waren immer drin. Und noch mehr, denn Katarina war ja auch nicht blind, und der Doktor verheiratet und in der Gegend bekannt wie ein bunter Hund.

Als Gegenleistung würde *Altersschwäche* oder etwas ähnlich Unverfängliches auf allen seinen Totenscheinen stehen – sofern wir unsere Aufgabe nicht per Dekapitation erledigten. Arzthumor! Mir gefror das Blut in den Adern, wenn der platte Ausdruck erlaubt ist. Wir lachten dennoch lang und herzlich, weil wir ihn brauchten.

»Wenn ich älter wäre, ich würde sofort bei Ihnen einziehen«, sagte er. Da komplimentierten wir ihn sanft hinaus. Dauernd unterm Dach brauchten wir ihn bestimmt nicht. Wer hätte sich da noch sicher gefühlt?

28

Heinrich begann zu wandern. Wir versuchten, die Türen geschlossen zu halten. Aber im Sommer alles zu, wenn die Brise vom See weht? Außerdem war er findig. Außerdem konnten wir ihn nicht einsperren. Wir wollten es jedenfalls nicht.

Einmal fanden ihn die Hunde, einmal die Polizeihundertschaft, einmal ein Pilzsammler. Wir ließen ihm einen Chip einpflanzen. Das Ding stammte aus Korea, ein Prototyp, den Ernst aufgrund seiner Beziehungen bekam. So groß wie eine Linse. Heinrich hatte nichts dagegen, jedenfalls sagte er nicht viel dazu. Er kam auch gerne wieder nach Hause, nach seinen Wanderungen, wo er dann gut und viel aß. Zunächst hielt unser Dorfarzt die Implantation für bedenklich, dann für interessant. Die Linse wurde durch eine ziemlich dicke Kanüle unter die Haut geschossen. Jeder Hund trägt so etwas, und Sie wollen es einem verwirrten alten Menschen versagen? Gut, diese Linse enthielt noch ein Ortungssystem. Es wurde – ohne irgendwelche Stecker oder Kabel – über einen Apparat, so groß wie eine Seifendose, aufgeladen, den Ernst an den linken Hosenträger Heinrichs klemmte. Die Linse saß über dem Schlüsselbein in einer Hautfalte. Er fühlte oft danach. Danach regte es uns nicht mehr ganz so auf, wenn Heinrich verschwand. Ernst setzte sich an seinen Computer und rief ein Programm auf. Ich kam dazu, das Telefon in der Hand.

Der Ortungschip war eines der Dinge, die wir Katarina verschweigen wollten. Auch das Todesengelprogramm erwähnten wir nicht. Sie sollte nicht in unsere Machenschaften verwickelt werden, weder als Mitwisserin noch als Helferin. Obwohl sie sicher Fachkenntnisse besaß, über die wir nicht verfügten. Sie pflegte Wilhelm, aber sie machte uns allen das Leben in der Villa schöner. Die Anzeichen leichter Verlotterung unserer WG, die es vor ihrer Ankunft gegeben hatte, verschwanden schnell. Man fand jetzt keine schimmelige Marmelade im Kühlschrank, dafür öfter einmal einen Strauß Blumen auf dem Tisch. Sie schüttelte die Sofakissen auf, die wir vor dem TV-Gerät plattsaßen. Und derlei kleine Dinge mehr, die nicht in ihrer Stellenbeschreibung standen. Sie ist eine, die in jeder Lage das Richtige tut. Natürlich hatte sie uns bald einmal vor dem Computer erwischt, wie wir nach Heinrich Ausschau hielten.

Wenn man es nicht selbst gesehen hat, man kann es sich nicht vorstellen. Man hat da eine Art Landkarte, man erkennt Straßen und grüne Flächen, die Wälder, das Blaue ist der See, das Graue die Stadt. Und man sieht ein rotes Pünktchen, das im Herzschlagrhythmus blinkt, denn auch dieses übermittelt das Ortungssystem. Es ist der traurigste Anblick der Welt, dieses Pünktchen. Es ist unser alter Freund Heinrich, der von Sinnen durch die Landschaft streift, blindlings Autobahnen kreuzt und gefährlich nah ans Wasser geht.

Wir starren auf die Karte. Aber Katarina sitzt da schon längst auf dem Fahrrad und eilt ihm zu Hilfe.

29

Mit Heinrich komme ich inzwischen am wenigsten klar. Vielleicht weil wir beide so gut wie nichts gemeinsam haben, außer unserer gemeinsamen Kindheit. Das ist viel, aber vielleicht auch nicht genug für ein ganzes Leben.

Der junge Heinrich hatte immer Hunger, aber wenig zu essen, wie wir alle. Ich glaube, deswegen hat er begonnen, mit Lebensmitteln zu experimentieren. Mit Lebensmittelresten natürlich, so wenig es davon gab. Er hatte einmal etwas aus Kartoffelschalen gemacht, eine Art Kuchen; aber Kartoffeln wurden damals so geschält, dass auch nicht das geringste Krümelchen Kartoffel verlorenging. Oder Kartoffelschalen geröstet über dem Lagerfeuer. Es ging ihm ums Sattwerden. Schmecken musste es nicht; schön, wenn, aber nur ein Extra. Er sammelte und probierte alles, ziemlich furchtlos. Keiner konnte sich so schnell und effektiv übergeben wie er. Wenn er merkte, dass die Kostprobe ihm nicht guttat, steckte er den Finger in den Hals. Was natürlich nicht immer funktionierte, aber das stand er durch, zum Entsetzen seiner Mutter, die ihn, den Einzigen, den sie hatte, am liebsten in die Vitrine gestellt hätte. Darunter litt er, und ich glaube, dass viele seiner Magenkrämpfe und anderen Leiden darauf zurückgingen.

Heinrich hatte es auch sonst nicht leicht gehabt. Sein Vater war – nach seiner Überzeugung – gefallen, aber die Mutter glaubte, er sei irgendwo in Russland gefangen, obwohl das Rote Kreuz trotz wiederholter Nachforschungen nichts in Erfahrung bringen konnte. Die nächstliegende Vermutung – vermisst und tot – ließ sie nicht zu. Sie schleppte Heinrich mit zum Bahnhof der großen Stadt, wo alle Sonntage vormittags die Züge aus dem zentralen Lager eintrafen. Er weigerte sich irgendwann, aber sie tat es bis 1955 oder '56, als die allerletzten Heimkehrerzüge eintrafen. Ich glaube, sie saß dann einfach in der Bahnhofsgaststätte, trank einen Kaffee und wartete darauf, dass ein hagerer, unrasierter Mann mit Landsermütze und geflickter Uniform durch die Tür kommen würde. Eine liebe Frau, ich mochte sie, und Heinrich liebte sie sehr. Während er Chemie studierte (und nebenher in der Suppenwürfelfabrik arbeitete), fuhr er einmal mit ihr an den Gardasee. Der Legende nach entstand die Idee zu den Delikatoli dort, in Limone. So etwas kannst du bald alle Tage haben, Mutter, will Heinrich gesagt haben (ich habe das von Wilhelm erzählt bekommen), wir holen uns das beste und nahrhafteste Essen aus aller Welt nach Hause, tun alles in eine Pappschachtel, und es wird so einfach zuzubereiten sein wie ein weiches Ei.

Ich weiß nicht, ob er die Erbin des Suppenwürfelmagnaten mit meinen für ihn verfassten Liebesbriefen herumbekommen hat oder doch mit den Delikatoli. Letzteres, nehme ich an. Auf die Promotion verzichtete er; sie räumten ihm ein ganzes Labor in der Fabrik frei, und Heinrich wurde Food Designer, wie man heute sagt. Ravioli in der Dose, auch so eine Erfindung von ihm. Trotz alledem, politisch war Heinrich von uns der Reaktionärste. Er trat in die konservative Volkspartei ein und begann wie ein Unternehmer zu reden, hatte Angst vor den Kommunisten und später generell vor Langhaarigen. Aus dem 1968er-Zauber hielten wir uns weitgehend heraus: Wir waren etwas zu alt und zu etabliert, um zu demonstrieren, aber zu jung, um uns kritisiert zu fühlen. Außer Heinrich und Siegfried; Letzterer gab seine Bühne (damals noch in einer mittleren Provinzstadt) für Happenings und Sit-ins her. Heinrich spendete einen Haufen Geld an alle möglichen Gruppen und ließ konservative Zeitungen in seinen Fabriken auslegen. Nicht dass der Protestfunke sich ausbreitete, die Belegschaften daran gehindert würden, Ravioli in Dosen abzufüllen.

Erwähnenswert ist das alles nur, weil Heinrich diese unheimliche Kehrtwende machte. Die Konvertiten sind immer die Radikalsten. Vorher und vor allem nachher. Zu Heinrichs Wandel habe ich eine Theorie: Er ist im Alter, als er erst seinen Beruf aufgab und dann hasste, nur das geworden, was er schon einmal war: ein hungriger, suchender Experimentierer, dann allerdings ohne Chemiebaukasten und die Verheißungen eines Wirtschaftswunders. Und seine Mutter, das Höhere Wesen hab sie selig, musste er auch nicht mehr beeindrucken. Ich beneide Heinrich um diese Reise von Pol zu Pol. Ich dagegen bin in der ewigen Tag- und Nachtgleiche des Äquators geblieben. (Meine Dämmerung ist erst in allerjüngster Zeit länger geworden. Aber noch nicht zu Ende.) Ich kommentiere mich nur noch; es wird nichts mehr neu geschrieben, und, ich fürchte, nichts gestrichen.

Heinrich aber zeigte nicht nur keine Angst mehr vor Langhaarigen, er wurde selber einer, für seine Verhältnisse, also schulterlang. Ich wusste gar nicht, dass er eigentlich lockiges Haar hatte – noch so ein Geheimnis, das spät zu entdecken war. Bei einem unserer Martinstrunke berichtete er fasziniert von strickenden Männern, die er im Fernsehen gesehen habe; das war wohl ein früher Parteitag der Grünen. Er begann zwar nicht zu stricken, aber in unserer Menagerie fiel er – sagen wir – durch nachlässige Kleidung auf. Siegfried dagegen sagt: Mit Würde altern, das bedeutet für mich, sich jeden Tag anständig anzukleiden. Wenn ich aus meinem Zimmer trete, in unsere Gemeinschaftsbereiche, dann ist das für mich wie die Öffentlichkeit. Ich bin euch einen ordentlichen Anblick schuldig.

Aber Heinrich ist so etwas einfach nicht mehr wichtig. Er trägt ausgebeulte, schlabbrige Baumwollhosen mit Gummizug im Bund; und die müssen schon sehr schmutzig sein, bevor er sie wechselt. Leider ist ihm auch die Verwendung von Körperpflegemitteln nachrangig geworden. Gelegentlich muss ich ihn ans Duschen erinnern. Wieso, ich riech doch nicht, sagt er dann und: Ihr mit eurer parfümierten Welt, das macht doch nur die Haut kaputt, und die Laborkaninchen müssen dafür leiden. Es war nicht immer leicht mit Heinrich, phasenweise neigte er zu missionarischem Eifer. Mit Siegfried stieß er häufig zusammen und tut das auch jetzt noch, vor allem in der Küche. Heinrich hätte am liebsten, dass wir autark lebten von dem, was er anbaut. Leider gedeihen Austern in unserem See nicht. Aber sogar wir sind sensibler geworden für solche Dinge, also Umwelt und so. Flugreisen machen wir schon lange nicht mehr (weshalb Siegfried, wie er sagt, die argentinischen Steaks stellvertretend für sich reisen lässt – ist doch egal, was für Fleisch bewegt wird, oder?). Meistens einigen sie sich: Heinrich macht Salat und Kaltmamsell, Siegfried die Hauptgerichte.

Trotz allem. Er ist ein feiner Kerl. Ein bisschen wurde er, der schmächtige, fahrige, manchmal etwas wieselige Heini, nach Martins Tod unser neuer »Kleiner«. Der, auf den wir ein bisschen mehr aufpassten als auf uns selbst. Jede Jungsgruppe hat so einen, denn was wären die Starken ohne die Schwachen. Er lässt sich auch immer noch gerne ein Stückchen von dem argentinischen Steak abschneiden. Nur zum Probieren.

30

Vielleicht kam Ernst bei den Kirchenbesuchen auf seine seltsamen Ideen, absurden Gedanken und verwegenen Pläne. Was das Todesengelprogramm betraf, blieb er mit irritierender Beharrlichkeit am Ball, so zerfahren und gelegentlich sogar wirr seine Reden am Küchentisch klangen.

»Ich muss noch einmal in eure Zimmer«, sagte er, »etwas montieren.«

Keiner von uns ließ Ernst noch gern in sein Zimmer, wenn er mit dem Werkzeugkasten vor der Tür stand. All diese lebenserleichternden Einrichtungen der Hausautomatisierung – die meisten längst kaputt oder mit enervierenden Macken behaftet –, wir hatten sie nach Möglichkeit bereits deaktiviert oder, wenn es nicht anders ging, mit einem gezielten Schlag des Gehstocks zerstört. Ernst nahm uns das nicht wirklich übel; vielleicht bekam er auch nicht mehr alles mit. Seine Kontrollzentrale schien mir inzwischen etwas derangiert, improvisiert, geflickt. Einige der Monitore waren schwarz oder flackerten seltsam. Es lagen auch viel zu viele Tastaturen herum. Einmal sah ich Ernst lange überlegen, bevor er eine der Tastaturen heranzog und zögernd zu tippen begann, nur um gleich darauf eine andere zu verwenden. Schon vor einiger Zeit waren wir für die Haustüre wieder auf klassische Schlüssel zurückgegangen. Zu oft stand einer von uns vor verschlossener Tür, weil Fingerabdruckleser oder Iris-Scanner nicht funktioniert oder wir das Passwort vergessen hatten. Dann lieber das Gefummel vor dem mechanischen Schloss. Deshalb sahen wir ihn wenig begeistert an, als er sagte: »Etwas montieren.« Einer fragte: »Was denn jetzt schon wieder?«

»Einen Totmannknopf.«

Einen was? Das überstieg unsere Vorstellungskraft.

»Man kennt das Prinzip von der Eisenbahn«, erklärte er. »Der Lokomotivführer muss alle paar Sekunden auf einen Schalter drücken. Oder einen Schalter loslassen; kommt auf das Gleiche heraus. Warum? Stellt euch vor, der Lokomotivführer wird ohnmächtig oder erleidet einen Herzinfarkt. Er drückt nicht mehr auf den Knopf oder das Fußpedal. Eine Warnung ertönt. Falls der Lokomotivführer nur aus dem Fenster hinaus geträumt hat, drückt er den Knopf jetzt wieder, und alles ist in Ordnung. Wenn er es nicht tut, wird eine automatische Vollbremsung eingeleitet. Sonst würde der Zug in vollem Tempo im Kopfbahnhof einschlagen, beispielsweise.«

Mir dämmerte, worauf Ernst hinwollte. In der Logik des Todesengelprogramms war der Totmannknopf eine notwendige Erweiterung.

»Ich schlage nirgends mehr ein. Höchstens mit dem Kopf auf. Aber mein Problem«, sagte Siegfried.

»Nein, unser Problem«, sagte ich. »Ernst hat ja recht: Wie sollen wir denn wissen, wie sollst du denn wissen, dass dein letzter Dienst nun erwünscht ist?«

Stille. Wie eigentlich? Wenn einer nicht mehr reden könnte, nicht mehr schreiben könnte, wenn einer vor lauter

Parkinson nicht einmal mehr den Kopf in eindeutiger Weise schütteln konnte? Einen Knopf drücken, notfalls mit dem Kinn, dem Gesäß, dem Ellenbogen, konnte man doch noch lange. Vielleicht sogar mit einem Augenzwinkern. Mit der Jalousiesteuerung hatte das zwar nicht geklappt, aber bitte, die Technik macht Fortschritte. Ganz abgesehen davon: Vielleicht mochte man dann, wenn es so weit war, die Dinge einfach passieren lassen. Und dann musste man den Knopf eben nicht mehr drücken. Einfach nicht drücken. Und warten. Sozusagen den Zug entgleisen lassen, mit etwas Hilfe.

So sagte ich das, Ernst gab einige technische Einzelheiten dazu. Er würde diese Knöpfe, handtellergroße rote Halbkugeln auf grauem Kunststofffuß, neben den Hauptlichtschaltern montieren, gleich bei der Tür. Und einen auf oder am Nachttisch. Später könne man sich einen solchen Schalter umhängen. Die gebe es in allen Formen, Größen und Farben. Sie seien mit dem Programm verbunden.

»Ja, aber wie geht das? Ich kann mir das nicht vorstellen. Muss ich jetzt den ganzen Tag auf diesen Knopf drücken?«, fragte Heinrich.

Ernst erklärte seufzend, so wie er uns nichttechnischen Idioten immer erklärte, geduldig, wie einem Kind, einem nicht sehr hellen. Anfangs genüge es, den Knopf einmal die Woche zu drücken. Er könne auch ein Signallämpchen dazutun, das durch Aufleuchten oder Blinken daran erinnere, den Knopf zu betätigen. Dann sei das Programm schon beruhigt. Für eine weitere Woche.

»Also ein Lebenszeichen«, sagte Heinrich.

»Eher ein Lebenwollenzeichen«, sagte Siegfried.

Ich musste an die »Röchelschaltung« denken. Darüber

hatte ich irgendwann einen süffisant-ironischen Artikel geschrieben. Angeblich die Erfindung einer deutschen Telefonapparategesellschaft. Schwerkranke, Sterbende, die es gerade noch schaffen, den Telefonhörer von der Gabel zu schubsen (man sieht, es ist keine ganz neue Erfindung), lösen so einen Notruf aus. Am anderen Ende der Leitung hört man das Röcheln des leidenden Menschen, erkennt an der Nummer oder sonstwie, wer das wohl ist, und schickt ein Rettungsauto oder Ähnliches. Ja, Ingenieurshumor. Nur Arzthumor ist schlimmer.

»Mein Programm erhält noch ein paar Algorithmen«, sagte Ernst. »Wenn dreimal der Knopf nicht gedrückt wurde, wird der Ernstfall ausgelöst. Was meint ihr?«

Ich versuchte mir das vorzustellen: Ich bin bettlägerig. Es geht mir lausig. Ich habe keine Kraft mehr. Da ist der Knopf auf dem Nachtkästchen. Oder die Kamera, in die ich hineinblinzeln muss. Alles ist unendlich mühselig. Aber ich drücke den Knopf und kaufe mir einen Tag. Eine halben. Eine Stunde. Oder ich lasse es einfach. Und warte ab, was passiert. Einer der Freunde kommt herein, die Apparate abschalten. Eine Spritze aufziehen. Mir ein Kissen aufs Gesicht drücken. Ahh – ich weiß nicht.

Ernst hatte sich schon wieder in Euphorie gebracht. Er zählte auf, was er noch machen könne. Es müsse ja kein Knopf oder Schalter sein. Selbst eine schwache Handbewegung könne genügen oder ein Wort, in ein winziges Mikrophon gesprochen, welches der Computer mit dem hinterlegten Losungswort vergleichen könne. »Exitus« hauchen – und adieu, schöne Welt. Ich fuhr dazwischen: Ja Himmelherrgott, wenn alles geht, warum müssen wir dann sterben und das vielleicht, wahrscheinlich, noch nicht einmal auf angenehme Weise?

Ernst war beleidigt. »Für den Code des großen Programmierers bin ich nicht zuständig. Ich mache nur das *bug fixing*. Wollt ihr den Totmannknopf oder nicht?«

Wir wollten. Was blieb uns auch.

Man kann sich daran gewöhnen. Die Erinnerungslämpchen leuchteten oder blinkten beharrlich, und im Vorbeigehen hauten wir auf den roten Druckknopf. Es wurde zu einem Ritual; für mich jedenfalls. Ich schraubte mich aus dem Bett, setzte die Brille auf, legte die Armbanduhr an, zog den Morgenrock über, ging zur Tür, drückte den roten Pilz, je nach Laune mit mehr oder weniger Kraft, und sagte: Bin noch da, Scheißcomputer. Mit mir kannst du rechnen.

(Ich weiß nicht mehr genau, wie wir Katarina diese Installationen erklärten. Irgendeine Notrufvorrichtung. Ernst baute sogar eine Signallampe in ihrem Zimmer ein, um das plausibler zu machen, vergaß aber, sie zu verkabeln. Ich denke, sie hat sich irgendwann ihren Reim auf die ganze Sache gemacht.)

Damit wir auch sicher wussten, dass wir am Leben waren, schraubte Ernst fünf Glühbirnenfassungen auf ein Holzbrett und verkabelte die Lampen irgendwie mit seinem Computer. Das sei nur als Provisorium gedacht, bis ihm eine elegante Lösung eingefallen wäre. Das Brett mit den Lampen stellte er auf die Anrichte der Wohnküche. Aber die Glühbirnen brannten häufig durch, und es war irritierend, wenn das eigene Lichtlein nicht mehr leuchtete, man sich jedoch noch ganz gut fühlte. Nicht *wirklich* beunruhigend, aber eine Art *memento mori*. Alsbald wurden Glühbirnen von der Europäischen Union verboten, waren schwerer zu bekommen. Ernst freute sich über eine neue Herausforderung und baute das Ding auf LED-Lampen um (die alte Holzunterlage aber blieb). Die hätten eine Lebensdauer von 150 000 Stunden, würden natürlich früher ausgetauscht. Außerdem bekam jeder von uns eine eigene Farbe. Ich Blau. Ernst Rot, Heinrich Grün, Wilhelm Violett und Siegfried Orange.

Nach einiger Zeit nahmen wir die bunte Reihe kaum mehr wahr. Besuchern sagten wir, es sei der Hausaltar oder die Temperaturkontrolle des Weinkellers. Wer fragt schon nach, und uns hielten sowieso alle für meschugge. Tja, und dann … leuchtete Wilhelms Lämpchen nicht mehr.

Code03

```python
#!/usr/bin/env python

__author__ = "E."

from datei_manager import Dateimanager
import mailsender

def findeDenEngel(nummer, person):

  engelliste = Dateimanager.lese("engel.log")
  try:
    totenliste = Dateimanager.lese("verstorben. \
      log")
  except:
    totenliste = None

  if mailsender.connection:
    if totenliste:
      for engel in engelliste[nummer]:
        if engel[1] not in totenliste:
          todesengel = engel[1]
          break
    else:
      todesengel = engelliste[nummer][0][1]

    pruefeObMailSenden(person, todesengel)

  else:
    pass
```

31

Bei Wilhelm war der Totmannknopf schon auf das zwölfstündige Intervall eingestellt. Er musste einmal in zwölf Stunden auf den Knopf drücken, damit sein Lichtlein wieder anging.

So hatte Ernst das programmiert. Anfangs waren die Abstände lang. Wenn einer zwei- oder dreimal nicht drückte, ging das System automatisch auf einen kürzeren Abstand, und noch kürzer, wenn nicht bestätigt wurde. Man konnte aber auch, wenn man den Knopf innerhalb einer Minute dreimal betätigte, das Intervall wieder erhöhen. Das habe ich ein paarmal gemacht, einfach weil ich vergessen hatte, mich zurückzumelden.

Nach gewisser Zeit begann das Lichtlein beharrlich zu blinken, das auf unserer Anrichte, das in seinem Zimmer. Oh, wie das an die Nerven ging.

Ich weiß noch, wie wir in diesen Tagen stundenlang am Esstisch herumsaßen und hofften, das Lichtlein möge wieder dauerhaft leuchten. Aus. An. Aus. Schnell wieder an. Stundenlang aus.

Man brauchte eigentlich kein Lämpchen, um zu sehen, dass es mit Wilhelm zu Ende ging. Er, der große, starke Wilhelm, aß nur noch wie ein Vögelchen. Kein gutes Wort, kein Spaß, nichts konnte ihm die löffel- und gabelweise verabreichten Bissen schmackhaft oder auch nur erträglich machen. Manchmal saßen wir zu zweit neben dem Bett, um ihm seine Mahlzeiten einzugeben.

Ich musste mich vorbereiten für den Fall, obwohl ich hoffte, es würde nicht mich ereilen, sondern einen anderen von uns. Ich las Schopenhauers *Über den Tod,* ein Essay würde man heute sagen. In einer Feldausgabe, winzig, passt auf eine Handfläche, leicht, damit es im Tornister wenigstens nicht durch sein physisches Gewicht belaste. Wie verwegen vernünftig: Soldaten gibt man ein philosophisches Buch über den Tod mit ins Sturmgepäck, wo es doch im Krieg nicht um die Theorie geht; Praxis ist allüberall. Er geht ja entspannt um mit dem Tod, dieser Schopenhauer. Angstfrei, würde man heute sagen. Es kommt eben immer auf die Perspektive an. Ich habe das schon früher zitiert: Denn die Unendlichkeit *a parte post* – nachher – ohne mich kann so wenig schrecklich sein als die Unendlichkeit *a parte ante* – vorher – ohne mich, dazwischen war bloß ein flüchtiger Lebenstraum.

Dabei war ich eigentlich schon vorbereitet auf meine Aufgaben. Ich hätte mich nur früher an die Geschichte mit Bakunin erinnern müssen: Sie begann damit, dass meine Töchter unbedingt ein Pferd haben wollten, lieber aber zwei. Das konnten wir uns definitiv nicht leisten. Einen Hund schon eher. Ich konnte mir das auch vorstellen, es passte zu Reihenhaus, Kombifahrzeug, Vater-Mutter-Kind-Kind. Wenigstens einer, der mich beim Nachhausekommen begeistert begrüßen würde. Die Töchter versprachen alles auf Erden: liebevolle, aufopfernde Pflege, Spaziergänge bei jedem Wetter. Natürlich landete er bei mir, sobald er seinen Welpencharme verloren hatte und – mangels konsequenter Erziehung – zu einem jugendlichen Raufbold geworden war. Ich mochte ihn. Der Hund tat, wozu er Lust hatte. Ich nicht. Im Büro, wohin ich ihn notwendigerweise mitnehmen musste, war es anfangs nicht einfach, aber wir arrangierten uns mit der Zeit. Zu Hause rief man ihn Rick oder so ähnlich (nach einem TV-Serienhelden, den die Töchter vergötterten). Wenn er bei mir war, hörte er auf Bakunin – nach einem russischen Anarchisten des 19. Jahrhunderts. Er mochte in vielen Dingen anderer Ansicht als ich gewesen sein, aber treu war er. Die Töchter verließen das Haus, Bakunin blieb. Die Frau verließ das Haus, Bakunin, nun schon ein alter Knabe, blieb. Ich verließ das Haus, Bakunin kam mit mir.

Bakunin alterte in Würde. Provokationen Jüngerer ignorierte er, so wie er die Provokation des Alters ignorierte. Selbst als er kaum mehr laufen konnte, bestand er auf seine regelmäßigen Spaziergänge. Er wurde nicht fett und faul. Unter seinem immer noch schönen Pelz fühlte ich die Rippen. Ich hörte bewundernde Ausrufe, wenn man mich auf der Straße nach seinem Alter fragte. Bakunin, mein lieber alter Anarchist, rebellierte gegen das härteste und unerbittlichste Regime von allen: das des Sensenmannes. Er tappte in der Nacht ruhelos umher, konnte es immer öfter nicht mehr halten. Manchmal sah er mich an, als erkennte er mich nicht. Da hielt ich ihm die Hand an die Nase, was er mit einem leichten Ausschlag des Schweifs quittierte.

Eines Nachts kam es zu einer akuten Krise. Sein Atem ging pfeifend. Ich raste mit Bakunin auf dem Rücksitz zum

Tierarzt. Der guckte nur kurz und fragte: »Wollen Sie ihn erlösen?«

Wer bin ich, dass man mir diese Frage stellen kann? Meines Bruders Hüter? Meines Tieres Erlöser? O nein, ich bin der *Tierhalter.* Ich bezahle seine Haftpflichtversicherung, seine Steuer. Ich bin der Imperator; Daumen nach oben, Daumen nach unten. Aber Bakunin, der Starke, er litt. *Wie ein Hund,* so wie der Volksmund, der mit Quälereien aller Art bestens vertraut ist, zu sagen pflegt. Ich konnte kaum reden, ich nickte. Daumen runter.

Ich nahm Bakunins Kopf auf meinen Schoß. Der Tierarzt rasierte einen schmalen Streifen Fell an einem Vorderlauf. Nach der ersten Spritze schlief Bakunin ein. Der Tierarzt zog eine zweite Spritze auf. Genug, versicherte er mir, um einen Ochsen zu töten. Overkill allüberall. Cruise Missile, SS21, 9-Millimeter-Parabellum, 210-PS-Turbolader, Riesenschnitzel, XXL-Burger, Familien-Großpackung. Ochsendosis für meinen armen schwachen alten Bakunin. Ein Orkan, um ein Kerzlein auszublasen. Der Tierarzt setzte die Spritze an, und beinahe wäre ich ihm in den Arm gefallen. Nicht, um ihn zu hindern. Sondern um selbst auf den Kolben der Spritze zu drücken. Es kam mir so klein und schäbig vor: Entscheidungen treffen und anderen die Ausführung überlassen. »Erlöser« sein und einen anderen die Arbeit tun lassen. Ich traute mich nicht, ich Feigling. Unterwarf mich der Autorität eines weißen Kittels. Als ob es eine Kunst wäre, langsam und stetig den Kolben einer Spritze zu drücken.

Ich zählte Bakunins Atemzüge bis zum letzten. Nur ein paar und doch eine Ewigkeit. Oder ein Moment außerhalb der Zeit, falls es das gibt.

Das wird mir nicht wieder passieren, dachte ich damals. Denke ich heute. Es gibt doch wohl Entscheidungen, die erfassen einen mit Haut und Haar. Selbst wenn es nicht ums eigene Fell geht.

32

Wir hörten Katarina in Wilhelms Zimmer rumoren, wir spähten gelegentlich durch den Spalt der angelehnten Tür. Der Dorfarzt kam und ging. Die besorgte Miene setzte er auf, wenn er kam. Beim Gehen, nach dem Besuch bei Katarina, wollte ihm das nicht mehr gelingen. Er schlich sich dann eher davon. Zustand unverändert, sagte er, Vitalfunktionen soweit stabil.

Haltet eure Mobiltelefone geladen, sagte Ernst, und seht regelmäßig in eure Mailboxen. Ich fürchte, da könnte bald etwas eintreffen.

Am Abend leuchtete das Lämpchen wieder gleichmäßig. Ich glaube, ein jeder von uns schlich an Wilhelms Tür vorbei und murmelte leise: Danke. Was, wenn man das erbärmliche Stöhnen und Schnaufen aus dem Zimmer hörte, auch wieder eitel war. Ernst ging den Totmannknopf kontrollieren. Der war seitlich am Bettgestell angebracht, leicht erreichbar. Und funktionierte. Wir wechselten uns ab an seinem Bett und versuchten, ihn aufmunternd anzuschauen. Er registrierte unsere Anwesenheit mit einer Handbewegung und einem müden Augenaufschlag und kümmerte sich nicht weiter. Seine Hand schien riesig, sein ganzer knochiger Körper, eine mächtige, starke Konstruktion, die nichts mehr zu tragen hatte. Seit wenigstens vier

Wochen war er nicht mehr auf den Beinen gewesen. Dem Bein.

Mein Computer lief jetzt Tag und Nacht. An einem Freitagnachmittag war das Licht von Wilhelm wieder aus. »Jungs, wir können uns hier ja nicht total verrückt machen«, sagte Siegfried. »Und was meint ihr denn, wie das für Wilhelm ist. Wir mit unseren Trauermienen. Die ständigen Kontrollbesuche in seinem Zimmer. Die Stille im Haus. Sogar ich gehe auf Pantoffeln, Heinrich, hast du's überhaupt gemerkt? Katarina ist da. Und wir gehen jetzt ins Kino. Los. Und dann essen wir eine Pizza.«

Wir sahen uns einen *James Bond* an. Die Welt wurde erwartungsgemäß gerettet vor Russen/Superschurken/Chinesen, ich weiß nicht mehr, wer gerade dran war. Die Pizzas schon: *Diavola* (Siegfried), *Vegetariana* (Heinrich), *Quattro stagioni* (Ernst), *Caprese* (ich). Wilhelm nahm immer eine *Casa* oder eine *Tutto*, nur, um alles abzuräumen und die blankgeputzte Scheibe zu essen. Hätte er gleich eine *Margherita* genommen, wär's fast aufs selbe hinausgelaufen. Dutzende Male zugeschaut, aber nie gefragt, warum er das so machte. Mit jedem Tag steigt die Zahl der verpassten Antworten. – Ich bestellte eine *Tutto*, um sie Katarina mitzubringen. Weil ich nicht wusste, welche ihr schmeckt.

Sie begrüßte uns mit: »War der Film so schlecht oder die Pizza?«

Wir hatten wohl schon einmal fröhlichere Gesichter aufgesetzt. Ich schielte an ihr vorbei auf die Lichterkette. Wilhelms Birnchen blinkte wieder. Er hatte den Totmannknopf wieder nicht gedrückt.

Am Samstagvormittag, immer noch kein dauerhaftes

Leuchten, kam Herrmann, einer der hilfreichen Söhne des Dorfmetzgers, mit dem Kombi, und wir fuhren zum Einkaufen, Heinrich war dabei. »Lass uns doch mal zu dem Discounter gehen«, sagte er, »ich will sehen, ob sie Delikatoli führen.« – »Du machst aber keinen Aufstand?« – »Nein«, sagte er und blieb friedlich. Er fragte den Filialleiter. »Nein«, sagte der, das werde nicht mehr nachgefragt, das hätten sie aus dem Sortiment genommen. So was äßen die Leute heute nicht mehr. Damit – auch wenn das jetzt etwas ablenkt von dem vorliegenden dringlicheren Thema – begann, von mir und den anderen unbemerkt, Heinrichs depressive Phase. Wegen einer Fertignudelmischung, von der er sich, dachte ich, längst losgesagt hatte. Aber wir haben alle unseren wunden Punkt.

Nachmittags saßen wir vor dem Kamin, tranken Punsch und knusperten Kekse. Ganz leisegedreht lief eine Fußballübertragung im Radio. Immer wieder schrie einer erregt herum. Wie klein, wie läppisch und unbedeutend! Dennoch tröstlich; unser Fühler in die Welt da draußen. Ich ging in die Küche, um eine zweite Kanne Punsch zuzubereiten. Während das Wasser heiß wurde, schlich ich nach oben in mein Zimmer. Ich rüttelte an der Maus, der Monitor flammte auf, blendete mich einen Moment. Die Mail, die ich las, besitze ich nicht mehr, denn ich tat wie hier unter 5. angeordnet (das ist wiederum ein Ausschnitt aus den Programmcodes von Ernst):

Code04

```python
class Mailtext():

  def __init__(self, adressat, bewohner):
   self.m_text1 = ""

  def text(self, adressat, bewohner):
   m_text1 = "Es ist so weit, " + adressat + \
       "\nDu wurdest von "+ bewohner +\
       "\nausgewaehlt fuer diesen letzten \
        Freundschaftsdienst."\
       "\nHier noch einmal die Regeln:"\
       "\n1. Du sprichst mit niemandem, dass \
        Du ausgewaehlt worden bist."\
       "\n2. Du tust, was Du zu tun hast, \
        unbemerkt von den anderen. Du"\
       "\nveraenderst nichts und laesst nichts \
        zurueck."\
       "\nNachdem Du es getan hast, schicke \
        diese E-Mail mit"\
       "\nder Betreffzeile \"+\" zurueck."\
       "\n3. Wenn Du Dich - - nur aus wichtigen \
        Gruenden - - ausserstande"\
       "\nsiehst, Deine Aufgabe zu erledigen, \
        antworte zurueck"\
       "\nmit dem Betreff \"x\"."\
       "\n4. Bedenke: Wir alle haben das \
        gewollt, und es ist gut so."\
       "\n5. Loesche diese Mail sofort, auch \
        Deine Antwortmail."
   return m_text1
```

33

Ich! Wieso ich! Verdammt, Wilhelm! Was habe ich dir getan! Wollte ich schreien, aber ich hatte Angst, dass man das hören würde. Und eine Mail ohne Umlaute; wie ich das hasse. Was ist denn bitte so schwierig an einem »ü« oder »ö«? Aber Raumschiffe steuern wollen! Dann sagte ich mir: Reiß dich zusammen, und ging wieder hinunter, rührte den Rum und das heiße Wasser zusammen. Zuvor nahm ich einen guten Schluck. Vom Rum. Ich schenkte auf, goss daneben. Siegfried sagte so etwas wie: Na, schon zu viel? Wir waren ruhig, redeten wenig. Die Radiokommentatoren regten sich stellvertretend für uns auf. Spatzengeschrei. Was ging's uns an. Wir Mauersegler glitten auf unseren Gedanken dahin, ziemlich weit oben. Jetzt hätte ich gerne mit meinen Freunden gesprochen.

Wie damals, wir waren fünfzehn oder sechzehn. Jungs – ihr ahnt nicht, was ich tun soll. Na was? Der Obermüller Helmut will, dass ich ihn verdresche, und zwar ordentlich. – Warum das denn? Kann er auch von mir haben, der Depp! – Verdient, verdient, aber pass auf, der ist kräftig und verschlagen. Ich: Der Fall liegt anders. Er steht vor der Mechanikerabschlussprüfung und ist nicht vorbereitet. Fünf Mark für ein blaues Auge und eine dicke Lippe. Damit er ein Attest und ein paar Tage Aufschub bekommt. – Warum fragt er nicht Wilhelm, der hat den richtigen Punch, nicht du. Ich: Wahrscheinlich soll's halt doch nicht so weh tun.

Das war das erste und das letzte Mal gewesen, dass ich zur Gewaltanwendung (noch dazu vom prospektiven Opfer) aufgefordert worden bin. Aber die fünf Mark bekam ich nicht, dafür die Dresche, weil der Helmut ein jähzorniger Kerl war, dem schon mein erster, vorsichtiger Schlag nicht passte und er mir offenbar zeigen wollte, wie man es richtig macht, der Narr. Er ist dann durch die Prüfung gefallen und hat den Rest seines Lebens bei Traktoren und Mähdreschern Öl gewechselt und Antriebswellen geschmiert. Besäße ich einen Traktor, ich würde ihn immer von Helmut warten lassen. Rache des Federfuchsers.

Und jetzt ist die Memme wieder einmal aufgerufen. Mit Gegenwehr ist nicht zu rechnen. Es geht auch nicht nur um ein blaues Auge. Freunde, lasst uns das noch mal besprechen, hätte ich gerne gesagt. Aber die saßen da, versunken in die Ledersessel. Heinrich mit rasiertem Schädel und Gandhi-Brille. Zu nah am Feuer, ich konnte zusehen, wie er in der Wärme zusammenschrumpelte wie ein Bratapfel. Siegfried, die Künstlermähne im Flammenschein schön angestrahlt, dank Haarspray gerade noch eine Mähne zu nennen, dank Heinrich das Spray FCKW-frei. Ein eleganter Herr, nach wie vor, aber inzwischen ist einiges an Kulissenbau nötig. Überlegt sich vielleicht, wie das ist: Einpersonenstück, er Darsteller und Regisseur zugleich. Den anderen kann man wohl kaum Komparsen nennen, eher eine Requisite. Und Ernst, nie elegant gewesen. Kariertes Hemd, drei Kugelschreiber in der Brusttasche. Auf einem steht, das weiß ich, *American Software Engineers' Annual Con-*

vention Chicago 1971. Der Stift wandert seit Jahr und Tag von Brusttasche zu Brusttasche. Was war da? Das weiß ich nicht. Hat er dort seine Traumfrau getroffen, den Killeralgorithmus gefunden, der ihn reich machte? Oder, faustisch, gar die Traumfrau gegen den Algorithmus eingetauscht? Ach, hier rennt nur die Phantasie davon mit Carl, die einzige Gefährtin, die es dauerhaft mit ihm aushält; jenem Carl, der heute Nacht in Wilhelms Zimmer gehen wird, und – es stellt sich heraus, dass die Phantasie für den Moment freigenommen hat. Und Carl wünscht, der große hungrig knarrende Ledersessel möge ihn einfach verschlucken.

Siegfried kochte irgendetwas, es war gut wie immer, aber kein Genuss. Danach drehte Ernst den Fernseher auf. Bunt, lustig gemeint. Immer wieder einmal verschwand einer von uns, angeblich pinkeln. Ich bin mir sicher, dass die anderen in ihre Mailboxen schauten. Als die Sendung vorbei war, wusste keiner von uns genau, *was* vorbei war. Des Fernsehens edelste Aufgabe. Siegfried brachte die Zigarrenkiste. Montecristo Nr. 4, Wilhelms Lieblingszigarren. Wir zündeten reihum an und stellten uns auf die Terrasse. Kalte, klare Winternacht, Rauhreif auf dem Gras. Ernst sagte: »Lass uns mal runter zu Martin gehen.«

Es knisterte unter den Sohlen. »Wir sind schon irre«, sagte Siegfried, als wir vor dem Stein standen. »Wann war eigentlich Martins Geburtstag?«, fragte er. »April, meine ich«, sagte Heinrich. »Nein, nein«, sagte ich, »eher Spätsommer, Frühherbst, seine Mutter backte doch immer diese grundsauren Stachelbeerkuchen.« – »Stimmt. Sparte am Zucker«, sagte Ernst.

Der Stein hat übrigens doch einen trauernden Engel bekommen. Wilhelm hatte ihn im Gebrauchtfundus eines Steinmetzen gefunden. Es ist ein etwas seltsamer Engel; hat vielleicht das Grabmal eines Generals geziert, wer weiß. Seine Flügel sind gerupft, er trägt einen Brustpanzer, hält einen Helm in der einen, ein Schwert, gesenkt, in der anderen Hand. Gottes Luftwaffe, hat Siegfried gelästert, als er geliefert wurde. Ich habe die Figur nie gemocht, denn ungeachtet der demütigen Haltung blitzen aus den Augen Trotz und Verschlagenheit. Die Spitze des Schwertes mag zum Boden zeigen, aber der sehnige Unterarm und ein praller Bizeps lassen ahnen, dass es in einem Lidschlag auf dein Herz gerichtet sein könnte. Ich bin nicht so sicher, ob das *Gottes* Luftwaffe ist, hatte ich zu Siegfried gesagt. Mir war er unheimlich, dieser Engel, und an diesem Abend gleich gar. So wie ich stand, sah ich den Engel marmorblass vor der pechschwarz grundierten Leinwand des Sees. Mich fröstelte, nicht nur weil es kalt war. Dummerweise kehrte die Phantasie, meine liebe, verantwortungslose Freundin, just in diesem Moment in voller Blüte zurück. Und seitdem glaube ich, die Sache mit dem Todesengel war nicht die *idée fixe* eines Programmierers, sondern die Idee vom kleinen Martin, der mit Wilhelms Hilfe wieder zu uns kam.

35

Ich legte eine Platte auf: Ich ließ die innere Hülle aus der äußeren gleiten, die Platte aus der inneren. Als alter Mensch erlaube ich mir das Vergnügen eines antiken Plattenspielers. Ich balancierte die Platte auf Zeigefinger und Daumenkante und legte sie auf den Teller. Ich versetzte einen Hebel, und es machte zweimal *klack*. Der Tonarm erwachte, die Nadel senkte sich in die Rille, wie eine Biene ihren Rüssel in den Nektar taucht. Es ertönte knisternd die herrlichste Musik, Brahms, *Ein Deutsches Requiem*. Was konnte besser passen. *Denn alles Fleisch, es ist wie Gras und alle Herrlichkeit des Menschen wie des Grases Blumen.* Ich bin nicht religiös, jedenfalls nicht in dem Sinne. Ich muss nicht in die Kirche gehen wie Ernst, ich aber bin auch nicht so unvorsichtig und sage: Es gibt keinen Gott. Ich sage auch nicht das Gegenteil. Nur, wenn ich meinen Brahms höre und bald, wenn die Platte umgedreht und zu Ende gespielt ist, gehen muss, um meinen Freund Wilhelm von hier ins Jenseits zu befördern, da wünsche ich mir, es gäbe ihn, und er nähme mir das ab, was ich vorhabe, vorhaben muss, weil wir als Freunde uns das geschworen haben. *Pacta sunt servanda.* Verträge müssen eingehalten werden. Ich will ja auch nicht, dass sich einer drückt, dann, wenn ich dran bin, und mich zwischen Scylla und Charybdis verhungern lässt.

Die Nadel hing in der Auslaufrille. Das klang wie Wellenschlag am Meeresufer oder an einem großen See. Es schläferte ein, doch ich musste auf, ich musste los. Es war still im Haus. Da lagen sie in ihren Betten, die Plumeaus ans Kinn hinaufgezogen, und froren dennoch, die Freunde. Sie wussten nicht, aber ich wusste. Ich setzte die Nadel noch einmal zurück. Am Anfang der Zeile – *Denn alles Fleisch…* – dröhnen die Pauken hinter dem Chor, aber Wort für Wort verhaucht die Inbrunst. *Das Gras ist verdorret und die Blume abgefallen.* Ich konnte nicht genug bekommen von dieser lieblichen Modulation, die so tröstlich ist. Beim nächsten Anspielen kreuzte die Nadel hässlich durch die Rillen, ich hob sie an und lauschte. So still war es noch nie im Haus. Ich legte den Tonarm ab und wartete, bis die Platte zum Stillstand kam.

Er bewegte sachte den Arm, um dessen Handgelenk die Uhr lose baumelte: *Du hast dir Zeit gelassen.* Der Sauerstoff blubberte leise im Befeuchtungsbehälter. Den Schlauch, der zu den Nasenöffnungen führte, hatte er abgestreift. Jetzt bin ich ja da, sagte ich, du kannst mich immer noch wegschicken. Seine Kopfbewegung war kaum zu erkennen, aber der Schatten, den seine aufragende Nase auf die linke Gesichtshälfte warf, zeigte es an. *Nein, bleib.* Er sprach nicht, er konnte es ja nicht mehr, ich sagte mir das vor. Er drehte die Augäpfel ein wenig nach oben. Ich verließ ihn kurz, um das Mittel zu holen.

Jeder von uns hatte ein Fläschchen davon in seinem Badezimmerschränkchen. Auf dem Etikett stand, zur Tarnung, *Tinctura Valerianae (Baldrian). Für die »ewige« Ruhe.* Das Etikett hatte ich gestaltet. Heinrich fand es geschmacklos, ich fand es lustig. Schließlich würden wir das Gefäß mehr oder weniger viele Jahre alle Tage sehen, wenn wir nach dem Rasierwasser griffen. Ich frage mich, ob es nach der langen Zeit überhaupt noch wirkt. Wir hätten es doch in den Kühlschrank stellen sollen. Die Besorgung hatte uns anfangs vor Probleme gestellt; aber mit Hilfe des Dorfarztes und etwas Geld … Kann auch sein, dass Ernst das Zeug aus der Schweiz mitbrachte. Jedenfalls war es da. Heute würde man es wahrscheinlich im Internet bestellen.

»Ich grüße dich, o du Phiole, die ich mit Andacht nun herunterhole«, murmelte ich. Ich musste mich auf die Zehenspitzen stellen. Welcher Idiot hatte das ganz oben eingereiht? Es passierte, was passieren musste: Das Gefäß entglitt mir und schlug an der Waschbeckenkante auf, worauf es seinen Hals mit dem Kunststoffdeckel verlor. Hastig und so schnell wie für einen Mann meines Alters möglich, ging ich auf die Knie. Da lag der abgebrochene Hals, dort das Fläschchen. Einen Teil seines Inhalts hatte der Flauschteppich bereits aufgesaugt. Ich packte es, sammelte das Bruchstück ein und kam mühsam wieder auf die Füße. Im Gegenlicht der Badezimmerlampe sah ich, dass die Flüssigkeit etwas über halbe Höhe stand. Wie viel war denn drin gewesen?

Wilhelm schien wacher als in den Monaten zuvor. Sein Blick war jedenfalls weniger verschleiert. Er sah wohl das Fläschchen mit dem abgebrochenen Hals und zog die Augenbrauen um Millimeter hinauf. Es sei mir leider entglitten, sagte ich, sollten wir es nicht lieber lassen? Die Augenbrauen gingen runter, viel weiter als sie zuvor gewesen waren, und er schüttelte den Kopf, deutlich genug. *Junge,*

was meinst du, warum ich nicht mehr auf den Knopf ge-
drückt habe? Ich folge seiner Hand. Der Zeigefinger, ob-
schon er flatterte, er flatterte über dem Totmannknopf. Er
hätte die Fingerkuppe in die Mulde legen können, vielleicht
nicht auf den ersten Versuch, aber doch. Dieser Zeigefinger
wies nun auf das Fläschchen, das ich in der Hand hielt. Ich
fühlte an der Bruchstelle. Besonders scharfkantig war sie
nicht. Ich setzte mich auf die Bettkante, fuhr mit der flachen Hand unter Wilhelms Hinterkopf, um ihn leicht an-
zuheben. So verharrten wir einen Moment. Ich streichelte
mit dem Daumen seitlich über seinen Nacken. Sofern man
so einen Moment genießen kann: wir genossen. Wilhelm,
alter Rechthaber. Carl, Luftikus. Wieder so ein Nicken, ein
Winken der Augenbraue, ein Augenflackern. Wenn man einen Menschen über siebzig Jahre kennt, dann genügen er-
staunlich wenige und dürftige Zeichen, und Worte sind
schon zu viel. Ich setzte das Fläschchen an seiner Unter-
lippe an. Er brauchte fünf Schlucke. Nach zwei Minuten
schloss er die Augen und schlief. Ich zählte die Atemzüge.
Sie wurden leichter und flacher, aber sie hörten nicht auf.
Ich zählte lange, zu lange. Die Dosis hatte wohl nicht gereicht. Oder es gab Nebeneffekte mit all den anderen Me-
dikamenten in Wilhelms Körper. Was weiß ich. Es war halb
vier Uhr. Spätestens um sechs würde Katarina herein-
schauen. Sie würde einen bewusstlosen Wilhelm vorfinden,
sie würde den Dorfarzt rufen, der dann auch nicht anders
könnte, als Wilhelm ins Krankenhaus bringen zu lassen,
wo man früher oder später unerklärliche Substanzen in seinem Blut finden würde. Schlimm für mich, schlimm für
uns. Aber schlimmer für Wilhelm. Sie würden ihn vielleicht

wachkitzeln, bestimmt aber einen Blechaffen aus ihm machen, den sie immer und immer wieder aufziehen könnten.

Na ja, und dann nahm ich eben dieses Kissen, das Katarina ihm tagsüber unterschob, und legte es über sein Gesicht. Vorsichtig, vorsichtig. Die Finger zitterten ein bisschen. Ich drückte, meine Hände weit gespreizt. Vorsichtig, vorsichtig. Ich spürte, etwas wehrte sich, aber das war nicht Wilhelm. Ein letztes, leichtes Schütteln kam noch von diesem Körper, so, wie wenn man bei einem alten Mercedes den Diesel abstellt. Und dann war da nur noch abkühlende Wärme, das Knistern der Kühlerhaube, des Motorblocks, der nie wieder angelassen wird.

Ich hob das Kissen und sah mir an, was ich getan hatte. Er machte einen zufriedenen Eindruck. Kannst du nicht stehen, so fliege, sagte ich. Ich weinte auch ein bisschen.

Ich steckte die kleine Flasche ein, drehte den Sauerstoffhahn zu. Das war falsch in diesem Moment, aber meine Generation ist auf Sparsamkeit getrimmt. Ich drehte den Hahn wieder auf und legte Wilhelm die Sauerstoffsonde um. Das Kissen dorthin, wohin es gehörte.

Diesmal nahm ich die Dienstbotentreppe. Ich streifte Heinrichs Gartenkittel über, der neben der Tür zum Garten hing, und ging hinunter zum Steg, versuchte dabei, nicht auf Martins Grab zu blicken. Am Ende des Stegs zog ich das Fläschchen aus der Tasche. Beim Wurf riss etwas in meinem Oberarm. Es schmerzte entsetzlich. Den Flaschenhals mit dem Kunststoffdeckel konnte ich nur noch einen halben Meter vom Steg ins Wasser fallen lassen.

36

Katarina, die gute, gefoppte Seele, lief klagend durch das Haus. Ich glaube, sie nahm Wilhelms Tod wie eine persönliche Niederlage. Wenn sie gefasst gewesen wäre, hätte sie sich über die gefassten Gesichter gewundert, in die sie blickte. So aber rannte sie zum Telefon, rief den Doktor an, atemlos und stammelnd. Obwohl alles zu spät war. Wir standen um sein Bett. *Déjà-vu:* Wir am Steg, Martin unter dem Eis. Damals wie heute gab es einen, der *wusste,* und die anderen, die nicht wussten. Wir vermieden es, uns in die Augen zu schauen. Heinrich fragte mich, was mit meinem Arm los sei, aber so beiläufig, als wolle er daraus keine Schlüsse ziehen, egal wie die Antwort ausfiele. Verhoben, sagte ich. Wir hatten nur ein paar Minuten, bis der Arzt eintreffen würde. Katarina schickten wir hinaus: Abschied nehmen. Sie verstand, drückte jedem von uns die Hand und ging schniefend davon.

»Das Programm hat wohl funktioniert«, sagte Ernst und klang ganz zufrieden, »sonst stünden wir nicht hier.«

»Software okay, Hardware kaputt«, sagte Siegfried.

Ich sagte: »Friedlich sieht er aus, nicht?«

Und wenn nicht, ich hätte es trotzdem so gesehen. Dann näherte ich mich dem Sauerstoffhahn und sagte: »Das können wir jetzt aber abstellen, nicht?«

Das lustige Blubbern im Befeuchtungsbehälter erstarb. Das war der Moment, in dem alles, was ich getan hatte in der vergangenen Nacht, auf mich herabstürzte. *Denn alles Fleisch, es ist wie Gras…* Ich erlitt einen Schwächeanfall.

Deswegen erfuhr ich nicht aus erster Hand, was der Doktor sagte. Nicht viel wohl. Vermutlich betrachtete er die Leiche vornehmlich nach dem Gesichtspunkt, ob sie ihm noch Ärger machen könnte, und das konnte sie nicht, so rein und schuldlos, wie sie vor ihm lag. Er stellte den Totenschein aus, kam bei mir vorbei, den man auf dem Diwan im Salon abgelegt hatte, und riet zu einem milden pflanzlichen Beruhigungsmittelchen – wir hätten doch sicher Baldrian im Hause?

Entschuldigung, aber da begann ich hysterisch zu lachen, und es dauerte eine mittlere Ewigkeit, bis ich wieder aufhören konnte.

Wir lachten überhaupt viel in diesen Tagen. Ich vermute, aus Erleichterung. Wir trösteten die um ihren Arbeitsplatz besorgte Katarina, es sei nur eine Frage der Zeit, bis ihre pflegerischen Fähigkeiten wieder gefragt seien, sie möge getrost bei uns bleiben, sie würde zur Überbrückung eine andere Beschäftigung im Haushalt bekommen, Siegfried habe ein paar Rezepte weiterzugeben, Heinrich brauche jemanden für den Gemüsegarten, und Carl, der könne ja leider nichts Gescheites, aber immerhin ein bisschen Sprachunterricht geben. Wir lachten, als Wilhelms Exfrau wieder mit einem gemieteten Lieferauto samt studentischem Helfer vorfuhr, um »Kleinmöbel« abzuholen, auf die sie qua Scheidungsvereinbarung Anspruch habe. Siegfried bot ihr gleich Wilhelm selbst an, er war noch nicht bestattet, und sie sagte doch tatsächlich, »nur Kleinmöbel, für Sargmöbel hab ich keinen Titel«. Eigentlich eine fesche, agile Frau; leider juristisch verroht. Früher war sie nicht so. Wir sahen sie unser Idyll interessiert beäugen, und als ich sie sagen hörte, Wilhelm werde »sicherlich eine Lücke hinterlassen«, fürchtete ich, sie wolle diese Lücke nun ausfüllen. Aber keine Chance.

Zu den Details seiner Bestattung hatte er keine Wünsche hinterlassen, dafür eine Police, die alle Kosten übernahm. Mich packte die Idee, seinen Leichnam auf unserem Grund, unten am kiesigen Strand, zu verbrennen. So wie Lord Byron, Edward Trelawny und James Leigh Hunt ihren Freund, den Dichter Percy Bysshe Shelley, der bei einem Segelausflug ertrunken war, am Strand von La Spezia verbrannt hatten. Ein reichlich flamboyanter Abgang für einen wie Wilhelm, ganz gewiss, aber ein wildes, loderndes Symbol für den universalen Wert der Freundschaft.

Das ging natürlich nicht. Das *BestG* sieht so etwas nicht vor, und Heinrich und Ernst zogen sowieso nicht mit. Es wurde dennoch eine Feuerbestattung. Da der Lackfabrikssohn eine lange geplante Kreuzfahrt nicht absagen konnte oder wollte und in Alaska die Lachsfarmtochter mitten in der Besamungssaison ihrer Fische steckte, blieb uns die Abwicklung gern überlassen. Bei der Einäscherung erschienen ein paar hohe Versicherungstiere, junge Kerle um die sechzig, die von Wilhelms Wirken in ihrem Konzern nur noch eine blasse Ahnung hatten. Seine Witwe (wenn man so sagen kann) kam, immerhin, ein paar Herren vom Golfclub, der Dorfarzt, Katarina natürlich. Das Einzige, was mich fast zu Tränen rührte, war die Anwesenheit eines reizenden, jungen Paares aus der Gegend, dem Wilhelm in einer seiner letzten Beratungen aus einem Würgevertrag geholfen hatte. Bei zwei der schwarzen Nobelkarossen wurden nach der Einäscherung allerdings zerstochene Reifen festgestellt. Leider auch an Siegfrieds Porsche, den man wohl versehentlich der Versicherungsgruppe zugeordnet hatte. Aber Siegfried lachte – er genoss Vandalismusschutz bei eben jener Versicherung; dank Wilhelm.

37

Die folgenden Tage lief ich unruhig umher, weil ich das Gefühl hatte, ich schuldete Wilhelm noch etwas. Vom Bestattungsinstitut (dasselbe, das die Umbettung Martins besorgt hatte) rief jemand an und fragte, was mit der Urne geschehen solle. Darum hätte sich eigentlich der Sohn kümmern sollen, so war es abgemacht. Sei's drum. Siegfried fuhr mich im neubereiften Porsche. Sie händigten uns die Urne gegen Quittung aus. »Jetzt passt er endlich auf den Rücksitz«, sagte Siegfried, »zu Lebzeiten hätte man ihn wie einen Zollstock zusammenfalten müssen.« Ich musste grinsen und setzte noch eins drauf, als wir nach Hause kamen. »Asche zu Asche«, sagte ich und stellte das Gefäß aufs Kaminsims. Das mag dem einen oder anderen pietätlos in den Ohren klingen. Aber wenn man sich den Toten näher fühlt als den meisten Lebenden, ist das nun einmal so. Ich entschuldige mich ausdrücklich nicht. Und es kommt noch besser. Als die anderen schliefen, schöpfte ich mit der Suppenkelle eine Portion Asche ab.

Denn Wilhelm bekam sein Strandfeuer, an einem Winterabend im neuen Jahr. Der Himmel fiel uns entgegen, es schneite heftig, große, saftige Flocken. Ich hatte Mühe, das Feuer in Gang zu bekommen. Drei Viertel unseres mitgebrachten Williams musste ich als Brandbeschleuniger opfern. Aber dann loderte es. Man muss es weithin gesehen haben. Vier Herren in schwarzen Mänteln, zwei auf Klappstühlchen hockend, ein Schmächtiger etwas abseits, auf den See hinausschauend, einer, der in die Manteltasche griff, in der sich eine Plastiktüte befand, und der eine Handvoll Asche über die Flammen schleuderte, worauf heiße Luft die Asche erfasste und in ihren Wirbeln nach oben riss. »Kannst du nicht stehen, so fliege«, sagte ich ein paarmal; für jede Handvoll, die dahinging. Ich weiß nicht, ob die anderen es mitbekamen. Es heißt, dass Schneeflocken sich um kleinste Schwebepartikel in der Luft bilden. Dann ist Wilhelm vielleicht als Schneeflocke auf die Erde zurückgekommen. Ich bin nicht sentimental, aber romantisch im guten, alten Sinne, das ja.

Am nächsten Tag packten wir die Urne in einen Karton und ließen sie von einem Kurierdienst abholen. Sie dürfte jetzt in einer alaskischen Lachsfarm stehen.

Und wenn ich diesen Abschnitt mit einem weiteren Scherz abschließen darf: Wir saßen unter dem Christbaum, dem ungeschmückten. Das hatte das letzte Mal noch Wilhelm (mit Katarina als ausführender Kraft) getan und dieses Jahr keiner. Wir hatten nie wieder einen geschmückten Baum. Jeder hielt ein Glas in der Hand, Glühwein, Punsch. Irgendwann in dieser schläfrigen, gedankenverlorenen Stimmung sagte ich:

»Tja. Das Ableben geht weiter.«

Ich sah auf, erwartete, dass zumindest Heinrich mich schimpfen und Ernst die Augenbrauen missbilligend zusammenziehen würde. Aber ich sah drei lächelnde Gesichter. Wir stießen an und tranken uns zu. Siegfried sagte:

»*Tod, wo ist dein Stachel?*«, und erklärte uns allen: »Brahms, *Deutsches Requiem.*«

Vielleicht hatte er die Musik an dem bewussten Abend gehört? Egal.

Code05

```
def wgNamenEinrichten(self):

  button_namen = (self.ui.knopf_name1, self. \
    ui.knopf_name2, self.ui.knopf_name3,
    self.ui.knopf_name4, self.ui.knopf_name5)
  namensfelder = (self.ui.namensfeld1, self. \
    ui.namensfeld2, self.ui.namensfeld3,
    self.ui.namensfeld4, self.ui.namensfeld5)
  zaehler = 0

  try:
    self.wgliste = Wohngemeinschaft.leseDatei(self)
    for name in self.wgliste:
      namensfelder[zaehler].setText(name)
      button_namen[zaehler].setText(name)
      zaehler += 1
    return True

  except:
    self.zeigeInfobox('\nGeben Sie zunächst die \
    \nNamen der WG-Bewohner ein.')
    return False

def aktualisiereTotmannknopf(self):
  self.totmannlog = TotmannLog.leseLog()
  self.setzeRueckmeldeDatum()
  self.werLebtNoch()
  self.knoepfe.schaltUhr()
  self.rufDenEngel()
```

38

Dann begann die Zeit, die ich unser »Zweites Idyll« nannte. Der Kanzler trug jetzt Maßanzüge und ließ sich fotografieren, wie er dicke Zigarren rauchte. Die Deutsche Mark ging, der Euro kam. Der Mauersegler wurde »Vogel des Jahres«. Wie zuvor schon nahmen wir das alles mit wenig Rührung zur Kenntnis. Mit uns hatte das Leben da draußen nicht mehr viel zu tun. So wenig, wie man von uns erwartete, noch einmal einzugreifen, so wenig hatten wir Lust darauf. Der Tod Wilhelms, sein Verschwinden aus unserem täglichen Leben, hatte auch Tod und Krankheit von unserem Horizont verschwinden lassen. Wir lebten in unserer Seifenblase und dachten einfach nicht daran, wie verletzlich diese Blase war. Katarina trug nicht mehr die weiße Tracht, sondern Zivil. Der Doktor kam weniger häufig ins Haus; sie trafen sich wohl an einem anderen Ort, wenn überhaupt noch. Zum Geburtstag schenkten wir Katarina einen Fahrkurs. Als sie die Fahrprüfung bestanden hatte, überließen wir ihr einen unserer Wagen (nicht Siegfrieds Porsche), mit dem sie viel herumkurvte. Sie machte uns allen gute Laune, übernahm oft das Kochen und lernte einiges von Siegfried. Mit den Rezepten aus ihrer Heimat konnten wir weniger anfangen. Dinge aus gestockter, saurer, gesalzener Pferdemilch, nun ja.

Wir übrigen vier waren gesund, trotz der vielen kleineren Gebrechen, die uns plagten. Jedenfalls wussten wir von nichts. Meine Augen allerdings ließen stark nach. Ich bekam Kopfschmerzen, wenn ich lange tippte. Das mit dem Diktieren, wie Ernst mir vorschlug, funktionierte nie richtig, da kam nur Kauderwelsch heraus. Dem Totmannknopf gab ich jeden Morgen einen – je nach Laune – zarten Klaps oder heftigen Schlag. Manchmal versäumte ich es, absichtlich. Unser Umgangston war gelöst. Eine Zeitlang sprachen wir uns mit Nachnamen an, wie wir das auch als Pennäler getan hatten. Heinrich und Siegfried unterdrückten die gegenseitigen Sticheleien, weitgehend.

Jeder widmete sich wieder seinen Liebhabereien. Ernst konzentrierte sich auf die Modelleisenbahn, die er längere Zeit zugunsten des Todesengelprogramms und was dazugehörte vernachlässigt hatte. Siegfried begann mit den Vorbereitungen für ein kleines Theaterfestival im kommenden Sommer, Heinrich zog neuerdings tropische Früchte im Gewächshaus, das er dafür gewaltig heizen musste. Früher hätte er das nicht getan – Energiesparen, Klima und solcherlei Bedenken. Er hatte jetzt immer einen Zettelblock an einer Schnur um den Hals hängen, auf dem er Dinge notierte. Was er im Gartencenter einkaufen wollte, zum Beispiel. Oder *Papaya düngen.* Hätten wir früher und genauer auf diesen Zettelblock geschaut, wäre uns sein Zustand früher aufgefallen. Aus unserer Perspektive stand dort alles auf dem Kopf geschrieben; wenn er an sich heruntersah, stimmte es natürlich. – Aber hätte es etwas genützt? Kaum.

Ich war weiter auf der Jagd nach Erstausgaben, neuerdings mit etwas mehr Spielraum nach oben. Wilhelm hatte jedem von uns Geld hinterlassen; Ernst und Heinrich gaben die ansehnliche Summe achselzuckend an irgendeine wohltätige Einrichtung weiter, aber Siegfried und vor allem ich nahmen es gern. Bald nach Wilhelms Tod schon verfolgte ich eine Spur zu einer Ausgabe der *Welt als Wille und Vorstellung* in Tallinn, die mich monatelang beschäftigte, bis fast zur Besessenheit. Der Verkäufer spielte Katz und Maus mit mir, verlangte, dass ich mit einem Koffer voller Dollar nach Tallinn käme. Worauf ich mich nicht einlassen wollte. Ich schlug ein Treffen in Berlin vor. Worauf er sich nicht einlassen wollte; er könne/wolle/dürfe nicht reisen. Der Preis stieg und fiel, angebliche Mitbewerber traten auf. Und so weiter. Aber ich träumte von dem Buch, das angeblich ganz und gar im Originalzustand war: ein Buchblock ohne Einband, die gefalzten, zusammengebundenen Druckbögen noch nicht an den Falzkanten aufgeschnitten; unberührt bis auf einen Inventarstempel der *Eesti Rahvusraamatukogu*. Mir war egal, ob das ein legales Geschäft war oder nicht. Ich wollte es haben. Aber nicht mit eingeschlagenem Schädel im Rinnstein einer finsteren Gasse von Tallinn landen. Heute denke ich mir, ich hätte das Risiko wohl eingehen sollen. Zur Tarnung eine Studienreise mit anderen begüterten Rentnern ins Baltikum machen und die Sache in der Hotellobby über die Bühne bringen. Dann könnte ich die *Welt* heute in den Händen drehen und mit den Fingerspitzen über ihre Falzkanten fahren. Ich würde die Seiten nicht auftrennen; ich kenne ohnehin jede Zeile darin.

– Ein Idyll, zweifellos. Und in dem Idyll ein Mörder. Ich hatte diese Tatsache seit meinem Zusammenbruch verdrängt. Aber in der Frustration nach dem – endgültig – geplatzten Erwerb der *Welt* piepste auf einmal die Stimme des Gewissens auf. Wie ein Tinnitus, nervend, andauernd, besonders nachts. Dummerweise war mir beim Ausräumen von Wilhelms Zimmer nicht nur eine schöne alte Karl-May-Ausgabe in die Hände geraten, sondern auch das Strafgesetzbuch der Bundesrepublik Deutschland. Ach, Wilhelm. Er hatte ein Lesezeichen an die richtige Stelle gesetzt. Für mich ist ein Lesezeichen wie ein Schlüssel in einem Schloss oder ein Löffel in einem Teller Suppe: Ich muss zulangen und lesen. Und ich lese: *Paragraph 216, Tötung auf Verlangen: Ist jemand durch das ausdrückliche und ernstliche Verlangen des Getöteten zur Tötung bestimmt worden, so ist auf Freiheitsstrafe von sechs Monaten bis zu fünf Jahren zu erkennen.*

Ich habe ihm das Fläschchen an die Lippen gesetzt. Das wollte er. Und ich habe ihm das Kissen aufgedrückt. Darüber haben wir nicht gesprochen. Meine Entscheidung. *Tötung auf Verlangen.* Wie kurz, knapp und schön formuliert. Ich fürchte nur, und ich fürchte mich vor dieser Erkenntnis, das Verlangen war ganz auf meiner Seite. Wie auch die Befriedigung. Das darf einen Philosophiedozenten und Chefredakteur schöngeistiger Publikationen schon ein wenig irritieren, oder? Selbst wenn ich nur Gutes tun wollte.

39

Wann die Demenz so richtig beginnt... wer weiß. Ich merkte es nicht, bei Heinrich. Vergesslich waren wir ja alle, mehr oder weniger. Hast du meine Brille/Gießkanne/die TV-Fernbedienung/meine verdammten Schlüssel/den blauen Kugelschreiber/die Pillenbox gesehen? Ein Großteil unserer beiläufigen Alltagskommunikation beschränkte sich auf solcherlei Austausch. Bei allem, woran ich mich nicht mehr erinnerte, prüfte ich mich: Kann man das vergessen, ist das unnützer Ballast, der wegkann – etwa der Vorname eines früheren Mitarbeiters, die Farbe meines dritten Autos, der Geburtstag von... – oder ist es ein Defekt? Muss ich mir etwa Sorgen machen? Fängt es jetzt an? Ist das das eine fehlende Stück im Puzzle, worauf dann bald das ganze Bild auseinanderfallen wird?

Heinrich wurde einfach garstig; es gibt kein besseres Wort dafür. So auf eine Art und Weise unleidlich, als hätte er schlechte Laune. Er schlurfte in seinen Pantoffeln schimpfend durchs Haus, und immer wenn er Siegfried (korrekt mit lederbesohlten Budapestern an den Füßen) begegnete, hielt er ihm einen Vortrag. Über die armen Rindviecher, den Lärm, die Abnutzung des Dielenbodens. Hatte er früher auch schon gemacht, aber der Tonfall änderte sich, wurde bösartig. Man konnte es ihm nicht recht machen. Er sagte nie mehr danke. Warf böse Blicke auf uns, sogar auf Katarina.

Dass sich in seinem Kopf etwas veränderte, dachte ich nicht. Das Wetter war schlecht, die Kürbisse in seinem Gemüsegarten zu klein, zu groß, was weiß ich, oder war die Weltklimakonferenz da oder dort nicht seinen Erwartungen gemäß zu Ende gegangen – mein Gott, für schlechte Laune, wer braucht da Anlässe? Es genügt ja, mit dem falschen Bein aufzustehen. Und dann ist da noch das Problem der Zurechnung. Man kann einen Menschen ernst nehmen oder nicht. Sage ich zu ihm: Reiß dich zusammen, benimm dich, hör auf, uns hier dumm anzureden, lass diese Ungehörigkeiten, dann nehme ich ihn ernst. So redeten wir mit Heinrich, jedenfalls Siegfried und ich, Ernst war von Anfang an etwas nachsichtiger. Heinrich schien darauf auch immer noch zu reagieren. Er guckte uns an, dachte wohl darüber nach, was er gerade gesagt hatte. Dann nickte er meistens stumm und trollte sich. Sonst hätten wir sagen können: Ja, Heinrich, dein Gehirn löst sich auf wie in Milch eingeweichtes Weißbrot, wissen wir, ist schon gut, können wir auch nichts machen, geh schön raus und lass uns in Ruhe Zeitung lesen, ja?

Trotz allem, wir kapierten erst spät, zu spät, was los war. Ernst, Siegfried und ich saßen im Salon und berieten, wie wir uns verhalten sollten. Wie immer war es eine etwas schwierige Unterhaltung.

»Ich meine, es wird ernst bei Heinrich«, sagte ich zur Eröffnung.

»Bei wem?«, sagte Siegfried.

»Sei mal ernst«, sagte ich.

»Ich bleibe lieber Siegfried.«

»Keine Witze jetzt«, sagten Ernst und ich gleichzeitig, und ich fügte an: »Aufhalten kann man das nicht, aber verlangsamen.«

»Wozu denn«, fragte Siegfried, »einen lausigen Zustand verlängern?«

»Du steckst doch nicht in ihm drin«, sagte Ernst.

»Aber ich habe Phantasie«, sagte Siegfried, »noch.«

Ich hatte seit Tagen über einen philosophischen Aufsatz nachgedacht. Er trug den Titel: *Wie ist es, eine Fledermaus zu sein?* Heinrich war jetzt eine Fledermaus. Für uns. Er sah und fühlte und tat Dinge, die uns völlig schleierhaft waren. Klar, dass es für uns immer schwieriger werden würde, ihn zu verstehen. So weit, bis es gar nicht mehr ginge. Das hatte dieser Philosoph gemeint. Für eine Fledermaus besteht die Welt aus Echos. Wir hatten da einen Steinbruch in der Nähe der Kleinstadt. Wir schrien: Wie heißt der Bürgermeister von Wesel? an die Steinwand, und die Steinwand antwortete: Esel… Ich glaube aber auch, dass Heinrich sich selbst zur Fledermaus wurde, indem seine Wahrnehmung sich veränderte. Das Echo, das er erhielt – von uns, von allen, und wenn er in sich selbst hineinhörte –, rief immer nur Esel, du bist ein Esel! Wo hast du deine Brille hin, du Esel? Was ist heute für ein Tag, du Esel? Was muss das für eine Verzweiflung sein, wenn alles Feste flüssig wird und alles Bekannte rätselhaft.

Ich erzählte meinen Freunden das mit der Fledermaus (ohne Exkursion zum Esel), weil ich es für eine gute Idee hielt. Und weil ich glaubte, wir müssten uns einfach abfinden; abfinden mit der Tatsache, dass wir bald mit einem völlig fremden Wesen zusammenleben würden. Eines, das uns nicht mehr erkennen würde und das vielleicht sagen würde: Ich bin der Kaiser von China, oder sonst etwas. Das Thema war ja auch für mich neu. Man las noch nicht alle Tage darüber in der Zeitung, und fürs Fernsehen hatten sie es auch noch nicht als Stoff rührender Schmonzetten entdeckt: der wirre Opa und die herausgeforderte Familie, die an der Aufgabe wächst und uns allen zum Vorbild wird.

»Fledermaus, soso. Sollen wir ihm vielleicht eine Stange unter die Decke schrauben, damit er sich dranhängen kann?« Ich hätte ihn öfter als einmal umbringen können, diesen Siegfried. Aber das Todesengelprogramm würde mir höchstens eine einzige Gelegenheit dazu geben; je nach Konstellation. Ernst schien auch daran zu denken.

»Ich nehm ihn jedenfalls mal raus aus der Liste«, sagte er, »als Todesengel.«

»Menschenskinder«, stöhnte Siegfried. »Fledermäuse und Engel, ohne Flügel geht es hier wohl nicht mehr.« Worauf ich wiederum an meinen Mauersegler denken musste. Und damit an meinen Tod. Das ganze Denken ist doch nichts als eine unübersichtliche Installation fallender Dominosteine. Aber wer stößt den ersten Stein um? Und was kommt nach dem letzten?

Heinrich betrat lautlos den Raum und erschreckte uns, indem er sagte: »Ihr redet doch wieder über mich, ihr Arschlöcher.«

Wir schwiegen. Er sagte noch dreimal: »Ihr seid doch Schweine.« Dann ging er wieder auf sein Zimmer. Ich hörte eine Treppenstufe knarren und dann den Fernseher. Nach diesem Auftritt wurde auch Siegfried zahm. Früher hätten wir ihm bei so was eins aufs Maul gegeben und die Sache wäre erledigt gewesen, sagte er. Jetzt möchte ich ihn trotz allem in den Arm nehmen wie einen kleinen Jungen und ihn fragen: Wo hast du denn diese Ausdrücke her? Und Ernst sagte: »Wie sollen wir das aushalten?«

Am folgenden Tag kam der Doktor ins Haus, es sollte aussehen wie ein Zufallsbesuch, jedenfalls nicht wie eine Untersuchung Heinrichs, als die es geplant war. Er fand ihn im Gewächshaus und half ihm, irgendetwas auszusäen. (Dieses Gewächshaus war zu einem Dschungel geworden; die Pflanzen wucherten aus den Dachluken, man konnte es kaum mehr betreten. Es wuchs Heinrich über den Kopf: buchstäblich.) Der Doktor sprach zwei Stunden mit ihm. Oder, wie er uns danach sagte: »Achtmal das mehr oder weniger gleiche viertelstündige Gespräch. Ihr Freund ist ein schwerer Fall. Vielleicht überlegen Sie doch, ihn der Obhut einer spezialisierten Institution anzuvertrauen?«

Es war lange nicht von Katarina die Rede. Das wird der Rolle, die sie für uns spielte, nicht gerecht. Je schlechter es Heinrich ging (wenn es ihm denn schlechter ging – ich rätsele nach wie vor über die Fledermaus und die Echowelt), desto öfter sahen wir sie in Weiß. Sie sorgte dafür, dass er saubere Kleidung auf sauberer Haut trug, und pinnte all das, was er den Tag über zu suchen pflegte, mittels Kordeln und Schleifen an ihn oder steckte es in eine Weste mit vielen Taschen. Aber zu viel Taschen waren auch wieder nicht gut: Da stand er dann und suchte und suchte und suchte …

Während des Zweiten Idylls hatten wir ihr oft für längere Zeit freigegeben. Zwei-, dreimal ist sie auch nach Hause, nach Bischkek, gefahren. Ich komme wieder, meine Buben, ganz bestimmt, sagte sie. (Wir müssen sorgenvoll dreingeschaut haben, wenn das Taxi zum Flughafen vorfuhr.)

Mir ist nie eine zielstrebigere Person untergekommen; das sage ich im Rückblick. Nach einem Jahr sprach sie passabel Deutsch, inzwischen gut. Sogar Dialekt. Sie hat keinen Kurs ausgelassen, sie saß mit mir am Küchentisch, und ich korrigierte ihre Übungen. Mit Siegfried ging sie zur Bühne; inzwischen spielt sie kleine Sprechrollen und organisiert die Komparserie. Das ganze Dorf kennt sie, und ich glaube, sie das ganze Dorf, denn Katarina erledigt unsere Einkäufe, verhandelt mit den Handwerkern und bestellt das Heizöl für den Winter. Wir – ich – dachten, sie sei mit ihrer Position als Pflegekraft auf Abruf bei uns völlig zufrieden. Aber sie hatte Pläne, und das wohl schon früh, spätestens aber nach dem Tod von Wilhelm.

Wir haben sie unterschätzt, so wie wir die meisten Menschen unterschätzt haben, die für uns gearbeitet haben (weil wir uns immer überschätzt haben). Wohl spielte auch eine Rolle, dass jeder Einzelne von uns sie früher oder später doch recht nahe an sich heranlassen würde. Das war ihr Beruf und ihre Aufgabe; zumindest ein Rest an Distanz schien also angeraten. Wir haben sie auch immer gesiezt, in dieser seltsamen Zwischenform von »Katarina, könnten Sie …«

Na, und dann stand sie mit dem Kind da.

Es war so ein Abend im Salon, Zigarren glühten, Cognac handgewärmt, wir drei – Ernst, Siegfried, ich –, weich und warm und fest gehüllt in unsere Routinen, sparsame Unterhaltung, langgezogene Gedankenschlaufen. Heinrich nicht in Sicht. Wir schauten uns gegenseitig beim Altern zu, und es war beruhigend; in dieser Form.

Ich starrte auf das Kind, dachte zuerst an den Doktor, vom Alter des Kindes konnte das hinkommen, es war vielleicht neun oder zehn Jahre alt. Ein Junge übrigens. Das alte Gehirn frisst sich manchmal fest an Dingen, die ein frisches, unverbrauchtes in Sekunden erledigt. Der Junge sah auch nicht aus wie ein Kind von den Gestaden dieses gesegneten Sees. Er war – ist – ein Asiate; aber ich arbeitete mich noch an den technischen Einzelheiten ab: Wie war es möglich, die Schwangerschaft zu verbergen, das Kind auf die Welt zu bringen und jahrelang heimlich zu versorgen – alles nicht unmöglich, aber doch schwierig, in überschaubaren Verhältnissen wie hier. Das Naheliegende – ein Sohn aus der Zeit davor –, ich kam erst einmal nicht drauf. Oder auf irgendetwas anderes.

Arme Katarina. Sie hatte den Arm auf der Schulter des Buben und lächelte tapfer drei verdatterte Alte an, denen die Asche von den Zigarren fiel. Der Bub schaute ins Nirgendwo des Kaminfeuers. Sie schien wohl entschlossen, einen von uns das erste Wort sprechen zu lassen und, falls keiner etwas gesagt hätte, wieder mit dem Jungen abzuziehen. Ich weiß nicht. Manchmal, glaube ich, habe ich in die Zukunft klarer gesehen als im Rückblick. Sie wagte einfach, und sie kannte uns besser als wir sie. Siegfried sagte dann:

»Wollen Sie uns den jungen Mann nicht vorstellen, Katarina?«

Er heißt Nooruzbay, ist ein kleiner Kirgise, und er war der erste von dem halben Dutzend, die ich noch erlebte.

41

Heinrich wurde ausgesprochen nachtaktiv. Man hörte ihn meist nicht (dank seiner Pantoffeln), außer wenn er Bierflaschen in Bierkisten umsortierte oder wenn er glaubte, die Küchenschränke umräumen zu müssen. Aber oft wachte ich auf, wenn er an meiner Bettkante saß und mich fragte: »Was machen Sie in meinem Bett, Sie Halunke?« Manchmal schüttelte er mich aus dem Schlaf, und das war immer ein herbes Erwachen. Ich musste mich arg zusammennehmen, um ihn, den schmächtigen Kerl im Nachthemd, nicht gewaltsam wegzustoßen. Aber man lernt Demut mit einer Fledermaus im Haus. Man duckt sich weg, wenn sie taumelnd angeschossen (oder herangeschlurft) kommt. Denn agil blieb er bis zum Ende; für dieses winzige Uhrwerk genügte wohl ein winziges Federchen, das mit ein paar Drehungen für die nächsten vierundzwanzig Stunden aufgezogen war. Man lernt zudem Geduld, ein und dieselbe Frage immer wieder zu beantworten, so als hätte man sie zum ersten Mal gehört. Wie auch die Gleichmut, Beschimpfungen und Tiraden zu überhören. Er ist nicht er, und ich bin nicht ich, dachte ich mir.

Ich bekam andauernd Mails von Heinrich, also nicht von ihm, sondern von dem System. Das musste wohl ein Fehler sein. Mehr als eine Mail hätte es nicht geben dürfen, wie ich das verstanden hatte jedenfalls. Ich konnte mich kaum bei Ernst darüber beschweren, sonst wäre die Vertraulichkeit hin gewesen. Ernst hatte Heinrich zwar als »Todesengel« herausprogrammiert. Aber das System stand als solches nicht in Frage. Wir sprachen nicht darüber, und ich meldete die Zweifel, die mich beschlichen, nicht an. Ein Fall von Demenz oder Alzheimer war nicht vorgesehen, in diesem System. Wir hatten den heroisch Sterbenden im Kalkül. Nicht den langsam verlöschenden.

Mal drückte er, Heinrich, auf den Totmannknopf, mal nicht. So wie er das Licht hier und da und dort im Haus an- und ausknipste. Der Doktor, der uns jetzt seltener besuchte, sagte, dies könne noch zehn, fünfzehn Jahre so gehen, auch wenn Heinrich sicher nicht so lange auf den Beinen bleiben würde. Besser wird es nicht, meine Herren, über kurz oder lang ist er bettlägerig.

Es folgten also auf das Zweite Idyll einige finstere Jahre.

42

Unser Anwesen ist ein altes, und das, was jetzt unsere Garagen sind, war einst die Remise für Kutschwagen. Gleich daneben liegt ein ehemaliger Pferdestall und darüber ein Dachboden, der jetzt leer ist. Nach vorne hin, unter dem First, öffnet sich eine schmale Tür mit einem Ladebalken, über den man früher die Heu- und Strohballen nach oben geschafft hat. Aus Gründen, die ich, und wahrscheinlich auch Heinrich, nicht kannte, zog es ihn auf seinen Wanderungen immer wieder dorthin, und oft holte ich ihn dort ab. Dem ersten Mal war eine stundenlange Suche vorangegangen; den Heuboden hatten weder ich noch die anderen auf dem Plan gehabt. Er machte schon lange keine Ausflüge in die Landschaft mehr, aber er kannte viele Verstecke im und ums Haus. Das Ortungssystem funktionierte seit Jahren nicht mehr, und so genau war es nie gewesen, als dass es uns hätte sagen können: Heinrich befindet sich im Garten hinter dem Komposthaufen. Oder auf dem Heuboden.

Ich kann mich gut an die Gerüche erinnern und an den Wechsel von Frösteln im Schatten und gemütlicher Wärme in der Sonne an diesem schönen Herbsttag, Heinrichs letztem. Unterm Dach roch es nach Heu und rohem Holz und nach dem Weichspüler, mit dem Katarina Heinrichs Baumwollhosen behandelte. Ernst suchte im Garten und unten am See, Katarina im Haus. Siegfried war auf der Probe. Heinrich stand an der offenen Tür unter dem Ladebalken. Sein Oberkörper wippte leicht vor und zurück. Er trat auf der Stelle; barfuß, denn die Pantoffeln hatte er ausgezogen und neben sich gestellt. Er muss mich wohl gehört haben, drehte den Kopf, und ich erwartete einen dieser leeren Blicke, die durch einen hindurchgehen, als sei man unsichtbar. Aber da glomm der winzigste Funke, so schwach, dass ich nicht sicher war, ob ich mich nicht doch getäuscht hatte. So, wie wenn man vor einem leerstehenden Haus wartet und plötzlich glaubt, da habe eine Hand einen Vorhang bewegt. So oder so, ich nahm es als Aufforderung, Einverständnis, Bestätigung, denn das war es, was ich brauchte. Ich machte ein paar Schritte, während er schon wieder aus der Tür blickte, und tippte ihn mit dem Zeigefinger zwischen den Schulterblättern an. Das war die zarteste Berührung, die man sich vorstellen kann, ein Lufthauch, das Landen einer Daune, was immer, und doch muss ich annehmen, dass zwischen dieser Berührung und seinem Fall etwas mehr besteht als ein bloßes Nacheinander.

Es war kein tiefer Fall, doch die Schwelle zur Remise hart gepflastert, um beschlagenen Hufen und eisernen Radreifen zu widerstehen. Weit entfernt hörte ich Siegfrieds Porsche. Wollte ich von Heinrich Abschied nehmen, musste ich schnell hinunter. In der Eile verstauchte ich mir den Fuß, brauchte länger und legte gerade die Finger an Heinrichs Handgelenk, um den Puls zu nehmen, als Siegfried vorfuhr. Hastig murmelte ich vor mich hin, was ich mir für diesen Moment – oder einen Moment wie diesen – zurechtgelegt hatte: Dass es mit dem Tod ernst sei, lasse sich ja schon daraus entnehmen, wie jeder weiß, dass es mit dem Leben kein Spaß ist. Ich verhaspelte mich mit diesen Worten; dies, und die Hast, nahm dem Augenblick doch etwas an Würde.

Da war kein Puls. Siegfried kam näher, sah hoch und wieder hinunter. »Ich habe ihn gerade gefunden«, sagte ich. »Ojemine«, sagte Siegfried, »Heinrich, was machst du nur für Sachen«, und hinüber zu Katarina, die gerannt kam, rief er: »Halten Sie um Gottes willen den Jungen drinnen zurück!«

Diesmal erhielten wir Besuch von der Polizei. Ernst hatte sie verständigt. Zwei Burschen in kurzen Kunstlederblousons, die geradezu aufreizend wenig Engagement zeigten. Ich dachte zuerst, sie wollten auf *good cop, bad cop* machen. Mich – uns – geschickt in die Zange nehmen. (Wir sahen zu viel fern, stimmt.) Aber das waren bloß zwei *doof cop*. »Verwirrt, meinen Sie?«, sagte der eine. »War nicht abgesperrt da oben?« Er seufzte, wie er es wohl immer tat, wenn er mit alten Trotteln zu tun hatte. Der andere strich sowieso mehr um Siegfrieds Porsche herum.

Sie brachten einen Arzt mit; aber nicht den Dorfarzt, sondern einen Gerichtsmediziner. Er schob Heinrich (der eine Gelassenheit wie in den letzten drei Jahren nicht mehr zeigte) ein wenig hin und her. Und ich bemühte mich, den *Ausdruck süßer Zufriedenheit,* von dem Schopenhauer spricht, auf Heinrichs Gesicht zu erkennen. Ja … vielleicht. *Überhaupt mag der Augenblick des Sterbens dem des Erwachens aus einem schweren, alpgedrückten Traume ähnlich sein.* Unzufrieden sah er jedenfalls nicht aus, das sicher nicht, und es tröstete mich. Dass er einen Alptraum hinter sich hatte, dessen war ich mir inzwischen sicher.

»Bericht morgen«, sagte der Gerichtsmediziner und zog unter Mitnahme Heinrichs davon.

»Na ja, ein schönes Alter«, sagte der eine Polizist. Ich hätte ihn gerne angebrüllt: *Das,* du junger Fatzke, ist *nicht* das *Kriterium*! Aber ich sagte nichts; weil man in meiner Generation noch den Respekt vor Amtsträgern eingebleut bekam. Und weil mir die Knie schlotterten. Außerdem arbeitete die Ignoranz der beiden für mich. Wer wollte da irgendetwas herausfordern.

43

Das Ermittlungsverfahren wurde rasch eingestellt. Fremdverschulden wurde von keinem der Beteiligten ernsthaft angenommen. Bei uns breitete sich, wie nach dem Tod von Wilhelm, ein Gefühl des Verwaistseins aus, in das sich aber auch ein süßer, heller Klang mischte – die Knabenstimme Nooruzbays.

Möglich, dass ich das nicht sauber dargestellt habe: Des einen Ankunft lag kurz vor des andern… Abreise.

Wir heuerten das vertraute Bestattungsinstitut an; dessen Mitarbeiter uns in der ebenfalls vertrauten Haltung vorsichtiger Neugier gegenübertraten: Was diesmal? Ein Leichnam, von der Kripo freigegeben und in der Gerichtsmedizin abzuholen? Donnerwetter, diese Alten hatten es wirklich drauf. Von Heinrich selbst, als er noch klar war, oder aus seinen Papieren erfuhren wir nichts zu gewünschten Umständen seiner Bestattung. »Na, kompostieren doch wohl«, stichelte Siegfried. Heinrich schien das Schicksal seiner sterblich-verderblichen Hülle reichlich egal gewesen zu sein. Seine Frau, die wir der Höflichkeit halber befragten, winkte ab: Euer Freund.

Wie zuvor bei Wilhelm kümmerte vor allem ich mich um diese Dinge; ich fand ihm einen Platz auf dem Dorffriedhof, luftig und schattig. Alte rauschende Bäume in der Seebrise. Möglich, dass ich eine gewisse Zuständigkeit fühlte, doch gewiss keinen Gewissensdruck. Es war eine Entscheidung zu treffen; das habe ich getan, und vielleicht war es noch ein wenig zu früh. Ein Monat, ein Jahr zu früh, das ist nichts gegen die Ewigkeit. Aber muss man meine Entscheidung deshalb für falsch halten? Jedenfalls war es eine Gelegenheit. Mir schien alles zu stimmen. Außerdem hatte er mich – so angesehen.

Heinrichs Leichenschmaus wurde legendär. Wir mieteten einen Saal im Wirtshaus neben der Kirche und schickten den Koch nach Hause. Muss ich noch sagen, was es zu schmausen gab? Und doch war es eine würdige Feier. Nur dem jungen Herrn Nooruzbay mussten wir einiges erklären, damit er keinen falschen Eindruck von unseren Sitten und Gebräuchen im Allgemeinen erhielt. Dass das Besondere bei uns anders lief als anderswo, wird er wohl verstanden haben.

44

Wie Katarina das mit den Dokumenten für die Kinder hinbekam, weiß ich nicht. Sie verdiente sicher genügend Geld, um das eine oder andere Hindernis auf kirgisischem Boden auszuräumen. Hierzulande half der Dorfarzt mit, und auch Ernst war, wie ich später erfuhr, schon früher eingeweiht gewesen. Ich glaube, er hat sich auf seine alten Tage sogar in Katarina verliebt. Er sprach gerne mit ihr, und wenn er von ihr sprach, dann in einem warmen Ton. Sie werden wohl auch Blicke gewechselt haben, aber meine schlechten Augen waren nicht mehr in der Lage, das mit Sicherheit zu erkennen.

Jedenfalls wehte durch das Haus am See seit Nooruzbays Ankunft so etwas wie Mütterlichkeit. Das tat den abgeklärten Alten gut. Wir ließen uns auch gern einmal von Katarina herumkommandieren. Nachlässigkeiten, Schlampereien waren schon des Kleinen wegen nicht tolerabel; wir hatten schließlich Vorbild zu sein. Dies alles geschah jedoch in neckender Weise; ich liebte es, wenn sie mir im Spaß tadelnd durch den Schopf fuhr. *No fool like an old fool.*

Wir hatten nicht viel diskutiert. Nooruzbay war da, Punkt. Es gab genug Platz. Wir vertrauten Katarina ganz und gar. Sie nahm uns Entscheidungen ab. Was hätten wir sonst tun sollen? Warten, bis der Letzte von uns auf dem

Sofa sitzt, Stille im Haus, bis auf das Tick-tock der Standuhr? Und der Junge gefiel mir. Den beiden anderen auch. Ich spielte zunächst den zwar gütigen, aber gestrengen Alten; das erschien mir nur fair: Wieso sollte der Junge sein Herz an jemanden hängen, der jeden Moment wegsterben konnte? Aber er ließ sich nicht einschüchtern, obwohl er uns anfangs mit gehörigem Respekt behandelte. Dann begriff ich, dass die Zeit zu kurz und zu kostbar für irgendwelche Spielchen war.

Wie auch immer. Nachdem Katarina gesehen hatte, dass wir das erste Kind freundlich aufgenommen hatten, kam bald das nächste. Diesmal informierte Katarina uns vorher. Dem Kleinen sollte im hiesigen Kreiskrankenhaus eine Operation ermöglicht werden. Siegfried sammelte Spenden im Laientheater, den Rest bezahlte Ernst. Mit knapper Not schaffte ich es, die Luftballons aufzublasen, die wir zu seiner Ankunft an die Haustüre klebten. Auch so eine Sache, die ich zum letzten Mal tat. Wir sind wieder vollständig, sagte Siegfried, als Katarina und der Bub im Taxi vorfuhren. Er hatte das Gesicht an die Seitenscheibe gepresst, staunte uns an, das prächtige Haus, und wollte erst gar nicht aussteigen.

So wird unser Haus zuletzt zu einem Jungbrunnen. Als Alte sind wir eingezogen, und wenn sich jetzt die Türen öffnen, rennen Junge heraus.

45

Bei Ernst ging es schnell. Bei Heinrich, Entschuldigung für diesen Vergleich, war es wie mit einem vergessenen Luftballon nach einem Kindergeburtstag, der schrumpfend und schrumpelnd in der Zugluft eines Hauses umherwandert, bis er nur noch eine schlaffe Hülle und irgendwann leer ist. Ernst ging mit einem Knall. Gut, einem leisen. Und mit einem Rauchwölkchen.

Wir saßen beim Essen. Er sagte, einfach so, zwischen zwei Gabeln: »Ich habe Krebs an der Gallenblase und was weiß ich wo sonst noch, wahrscheinlich überall. Ihr müsst mir helfen, meine Computer aus dem Arbeitszimmer an mein Bett zu schaffen.«

»Wie, seit wann?«, fragte ich. Als ob das wichtig wäre.

»So lange, dass ich heute Gott sei Dank sagen kann: Es gibt keine weiteren Updates.«

Seit einem Jahr trug Ernst einen Herzschrittmacher allerneuester Bauart. Was unsereins vielleicht als Fremdkörper unangenehm empfunden hätte, war ihm ein immerwährendes Faszinosum. Er holte sich die Datenblätter des Dings aus dem Internet und bastelte eine Art Empfänger, mit dem er – man frage mich bitte nicht, wie – allerlei Signale und Geräusche aus dem Apparat erlauschen konnte. Diesen

Empfänger klebte er mit Hansaplast auf die Brust, unter dem Pflaster lugte ein Kabelschwänzchen heraus, das er mit einer seiner Rechenmaschinen verbinden konnte. Und das war nicht reiner Forschergeist, sondern hatte praktische Gründe, wie ich erfahren sollte.

Er verfiel schnell. Nicht einmal den bewussten Kugelschreiber steckte er noch in die Hemdtasche. Der Dorfarzt verschrieb ihm Morphiumpräparate. Katarina arbeitete Tag und Nacht. Ich dachte, ich hoffte, er würde vielleicht überdosieren, aber Ernst blieb sich bis zum Ende treu. Sein Totmannlichtlein erlosch, blieb erloschen. Ich fand die E-Mail in meinem Postfach. Schon wieder ich. Das ist wohl ein Fluch, inzwischen bin ich fast geneigt, so etwas anzunehmen.

Diesmal ging es ohne Brahms und alles. Gegen elf Uhr, nachdem Katarina bei ihm gewesen war, betrat ich Ernsts Zimmer. Ein einziger der vielen Bildschirme war eingeschaltet, auf der Bettdecke vor sich hatte er eine Tastatur liegen. Der Rechner summte irgendwo im Raum. Zwischen zwei Knöpfen der Pyjamajacke kam ein Kabelbündel hervor; es leitete meinen Blick zu zwei Kästchen und einem Apparat, den man, glaube ich, Oszilloskop nennt. Diese Dinge standen auf einem nahe ans Bett gerückten Tisch. Etwas kritzelte ein regelmäßig-unregelmäßiges Zickzackmuster auf den grün leuchtenden Bildschirm des Oszilloskops.

»Die Idee ist: Ich schalte mich einfach ab«, sagte er zur Begrüßung.

»Einfach ab.« Natürlich, was sonst. Ein, aus. Warum bin ich nicht selbst auf so etwas gekommen? Er gewährte mir eine Erklärung.

»Weil das Problem ist: Dieser Schrittmacher ist ein potentes Modell. ZUX-998-Prozessor. Die Batterie ist frisch. Die kann noch ewig.«

Immer wenn er sich schwach und schwächer fühle, auf der herbeigesehnten allerletzten Runde, spüre er, wie die Logik des Schrittmachers einsetze und sein Herz anfeuere.

Wie auf einer lecken, alten Galeere, dachte ich mir. Die Rudersklaven sind längst am Ende, aber der Mann an der Trommel macht weiter *bum-bum-bum-bum…* und bevor der nicht aufgibt, geht das Schiff nicht unter. So ziehen die Sklaven eben noch einmal die Ruder durch und lenzen ein paar Eimer Wasser. Und noch mal. *Bum-bum-bum…* elend. Moderne Technik hält sich ihre Sklaven.

»Aber da ist kein Schalter«, sagte ich, »das Ding ist doch unter der Haut.«

Er sah mich an wie den Idioten, der ich bin, in solchen Sachen zumindest.

»Da könnte ich mich noch ohne Schrittmacher aufregen, dass Leute wie ihr, Schöngeister und Welterklärer, Antidies, Anti-das… ach. Egal. Das geht natürlich drahtlos, über einen kleinen Sender. Hab ich mir alles besorgt. Ich habe die Programmierung ausgelesen und studiert. Schrecklich, wie primitiv eigentlich…«

Dann schlief er ein. Ich fragte mich, warum er jetzt keinen religiösen Beistand wollte. Einen Pfarrer konnten wir hier natürlich nicht gebrauchen, aber vielleicht ein Schüsselchen Weihwasser, doch er hatte nicht einmal ein Kreuz im Zimmer. Wenn es um alles ging, verließ er sich wohl lieber auf den Geist in der Maschine, den er selbst dort hineinprogrammiert hatte.

Er schlief für vielleicht zehn Minuten, erwachte jäh und gewaltsam, als hätte ihn etwas in die Seite gestochen. »Das meine ich«, sagte er, »der Schrittmacher und seine Peitsche. Bringen wir es hinter uns.«

»Wozu brauchst du mich? Kannst du den Schalter nicht programmieren?«, fragte ich.

Ich weiß, das klingt roh, ich hätte mitfühlender sein sollen, aber Ernst war, wie er immer war, warum sollte ich es dann nicht auch sein. Er langte zu dem Tisch hin und gab mir zwei Kabel in die Hand; an ihren Enden jeweils zwei Zentimeter blankes Kupfer.

»Tut mir leid, eleganter bringe ich es nicht mehr hin. Das hier wird bei Version 0.9 bleiben. Ich kann nicht gleichzeitig auf meinem Monitor die Programmsequenzen mitlesen und das Oszilloskop beobachten. Die Sache ist zeitkritisch. Wenn das Zickzack in eine flache Linie unten übergeht, musst du aufpassen. Beim nächsten Zacken, und das kann eine halbe oder zehn Sekunden dauern, musst du die Drahtenden zusammenhalten. Sofort.«

Dann wandte er sich wieder seinem Monitor zu, tippte etwas auf der Tastatur.

Ich wollte etwas sagen, aber er machte »*Schh* – das Experiment läuft.«

Dann sagte er: »Oh, da hat sich etwas aufgehängt. Herrgott noch mal. Geht das denn nie ohne?«

Während der Computer runterfuhr, schwiegen wir. Ich glaube, die Situation war ihm peinlich; das mit dem Computer. Als er hochfuhr, sagte ich zu ihm: »Carl an Apparatus Control …«, und er sagte: »Es sind immer noch hohle Kisten mit Hebeln, die ich nicht verstehe. Aber ich muss an den Hebeln ziehen, ich kann nicht anders. Neuer Versuch. Fertig?«

Ich hielt die Drahtenden, meine Handflächen waren feucht. Ich dachte: Kann ich mich elektrisieren?, aber dann fiel mir ein, dass ich hier nicht die Hauptperson war. »Pass auf«, sagte Ernst, und: »Du bist ein guter Freund. Auf bald!«

Es kam die flache Linie, dann der Zacken, ich presste die Drahtenden zusammen, es funkte, ein leises Britzeln, und Ernsts Herz blieb auf der Stelle stehen. Denke ich.

Nach einer Minute ungefähr legte ich die Drahtenden weg. Ich entfernte die Kabel, den Sender oder Empfänger, die Tastatur, schaltete das Oszilloskop aus, den Rechner und den Monitor, schloss seine Augenlider.

Da waren es nur noch zwei.

Code06

```python
def programmBeenden():

    dateiliste = ("bewohner.log", "engel.log",
     "engelmail.log", "intervall.log",
        "verstorben.log", "totmann.log")

    for datei in dateiliste:
      Dateimanager.schliesse(datei)

    self.destroy()
    os._exit(1)
```

46

Ich bin zurück auf der Schreibmaschine. Das Augenleiden, das mich seit ein paar Jahren beeinträchtigt, ist so weit fortgeschritten, dass Schreiben am Computer unmöglich ist. Dem Mauszeiger kann ich schon lange nicht mehr folgen. Ich sehe fast gar nichts mehr. Zuerst guckte ich wie durch eine Pappröhre, die immer enger wurde. Geblieben ist ein verschwommener Kreis, für nicht viel mehr gut als eine vorsichtige Hell-Dunkel-Unterscheidung, und darinnen ein winziger Punkt, der mich noch halbwegs scharf erkennen lässt. Aber das schwindet dahin. Gut, dass ich noch Zehnfingerblind gelernt habe. Auch alles andere geht blind. Papier einziehen, tippen, auf die Zahl der Anschläge hören, neue Zeile. Farbband einlegen, wenn es nötig ist. Das ertaste ich: Ein altes Farbband fühlt sich an wie trockene, knisternde Haut. Die Farbbänder, einen Packen, hat mir Katarina im Internet bestellt. Wie vieles andere auch. Wir sind modern. Alle paar Tage landet die Paketdrohne vor der Haustür, und die Kinder rennen hin, als wär der Eismann läutend vorgefahren.

Die letzten Buchstaben, die ich gut erkannt habe, malte ein Flugzeug über dem See an den Himmel:

Neueroffnung

Was da eröffnete wurde, das habe ich vergessen. Aber

nicht, dass ich mich fragte, ob der Flieger zurückkehren würde, um die Pünktchen über dem o (wenn er sich schon das *oe* sparte) zu setzen. Kam aber nicht, sondern brummte Richtung Berge davon.

Den Satz Farbbänder will ich noch verbrauchen, dann habe ich für mein Leben genügend Buchstaben aneinandergereiht. Es müssten noch die Ausdrucke meiner Aufzeichnungen aus der Zeit nach Ernsts Tod herumliegen. Ich weiß aber nicht, wo. Vielleicht doch weggeworfen. Ein paar Dateien habe ich ziemlich sicher durch irgendeine Tapsigkeit am Rechner gelöscht. Deswegen will ich den Verlauf der vergangenen – fast drei, denke ich – Jahre zusammenfassen.

Niemand will schon wieder davon hören, also nur kurz: Ernsts Begräbnis war fast ein Staatsakt. Dass er sich aus dem Leben quasi herausprogrammiert hatte, blieb natürlich verborgen. Der Dorfarzt, selbst schon ziemlich tatterig, kritzelte *plötzlicher Herztod* auf den Totenschein, was wohl auch stimmte. Zur Trauerfeier kamen ein Staatssekretär und ein Haufen alter Männer aus der Wirtschaft. Sowie: Manager von seiner Firma, Stiftungsräte.

Apropos Stiftung: Dieses Haus gehört inzwischen Katarina. Das Wohnrecht haben wir, Siegfried (ja, er ist noch da) und ich, garantiert. Da hat sich unser alter Ernst in der Tat noch auf den letzten Metern in unsere Pflegerin und ihre Idee vom Waisenhaus verliebt. Moment. Noch zur Trauerfeier:

Niemand trauerte. Die Funktionäre in den schwarzen Anzügen funktionierten. Der Pfarrer, als Zelebrant der Messe, zelebrierte. Der Organist orgelte, und die Ministranten ministrierten. Und wir, Siegfried und ich, wir simulierten Trauer. Herrje, wenn Ernst es schaffte, sich aus seinem zerfressenen Körper wie per Schleudersitz aus dem brennenden Flugzeug zu katapultieren, dann war das ein Grund zur Hoffnung und zum Jubeln. Und nicht ein »unersetzlicher Verlust für die IT-Industrie«, wie der Idiot vom Branchenverband behauptete. Die Redner standen nachher am Grab herum und wollten zu ihren tiefschürfenden Reden beglückwünscht werden; aber der Einzige, der an diesem Tag tief geschürft hatte, war der Totengräber. Siegfried und ich ließen sie dort stehen. Kein Leichenschmaus auf unsere Kosten. Einer der Vorteile des Alters ist die Einsicht, dass »unersetzlich« ein eitler, menschlicher Ausdruck ist. In der Natur schreit alles: Du gehst, ich komme. (Die Natur selbst lächelt und sagt: Ich bleibe.)

Ernst war gegangen und mit ihm das gesamte Wissen um unsere delikate und, wie es aussah, fragile technische Einrichtung. Bis kurz vor seinem Ende hat er an diesen Dingen herumgebastelt. Siegfried und ich drücken immer noch auf unsere Totmannschalter, das ist uns in Fleisch und Blut übergegangen, und jeder Druck ist begleitet von einer kurzen Überlegung: Und wenn nicht? Unsere Lämpchen auf dem Gestell in der Küche brennen, so viel kann ich noch erkennen, und über die drei anderen streiche ich mit dem Finger; sie sind kühl, wie zu erwarten. Deshalb nehme ich an, dass das Todesengelprogramm noch arbeitet. Eine E-Mail werde ich nicht mehr empfangen können; mein Rechner ist nach einem Blitzeinschlag nicht mehr zu sich gekommen, und wenn ich eine bekäme, wie sollte ich sie lesen? Also behalte ich Siegfried im Auge und sein Lämpchen.

Die Kinder haben die Modelleisenbahn gekapert. Manchmal bin ich unten und höre zu. Ich setze entgleiste Waggons auf die Schienen, dafür habe ich ein Gefühl entwickelt und die Kinder nicht genügend Geduld. Ich frage mich, ob schon eines den kleinen Martin unter dem Eis entdeckt hat, aber der Staub muss schon zu dicht liegen, falls sie ihn nicht aufgewirbelt haben.

Nooruzbay war der Erste. Von ihm habe ich noch ein gutes Bild vor dem inneren Auge. Urmat und Aikokul (jener ein Junge, diese ein Mädchen) erkenne ich an den Stimmen, sie kamen erst vor kurzer Zeit zu uns. Anarbek war der Zweite. Er hat eine fast schon unheimliche Ähnlichkeit mit dem Engel auf dem ausgesuchten Gedenkstein, da seine Gesichtszüge weniger asiatisch ausgeprägt sind als bei den anderen. Ich bin nach unserer ersten Begegnung hinuntergegangen zu dem fast ganz eingewachsenen Stein, zu sehen, ob der Engel dort noch steht. Aber nur von hinten. Ich mag ihn noch immer nicht ansehen (könnte ihn ohnehin nicht mehr erkennen), aber ich will auch nicht, dass er mich sieht. Mit den Mädchen Chinara und Ainura sind es jetzt sechs. Sechs Waisen- und/oder Straßenkinder aus Kirgisistan. Das können noch mehr werden, das Haus ist groß, und Katarinas Herz noch viel größer. Jedes der Kinder besitzt eine Lederhose, zwei singen im Kirchenchor. Wie das alles möglich ist, weiß ich noch immer nicht. Und es ist mir auch egal, denn ich finde den Zustand herrlich. Den Lärm vor allem. Wo die Augen nichts mehr taugen, sind meine Ohren begierig geworden, auf alles.

Den Kindern zuliebe haben wir die Zigarren im Salon aufgegeben. Manchmal rauchen wir noch eine, mehr oder weniger heimlich, auf meinem Balkon. Wenn ab und zu eine Tante vom Jugendamt kommt, präsentieren wir uns als Elder Statesmen. Seriosität quillt aus jedem Knopfloch, in dem keine frische Nelke steckt. Greisenalter, Hinfälligkeit, Gebrechlichkeit (Siegfried klammert sich an einen ferrariroten Rollator) machen uns über jeden Verdacht erhaben. Vorsichtshalber bewirten wir die Tante dennoch auf der Terrasse mit Schnittchen, die wir aus der feinsten Konditorei der Großstadt heranschaffen lassen. Ein leeres Haus ist uns die entsetzlichste Vorstellung geworden. Notfalls adoptieren wir die Kinder.

Nooruzbay geht bei einem Automechaniker im Dorf in die Lehre. Siegfried hat ihm versprochen, dass er nach dem ersten Lehrjahr an den Porsche randarf. Es ist eine Weile her, dass Siegfried selbst gefahren ist. Der Nächste am Steuer wird wohl Nooruzbay sein. Mich mögen die Kinder, denke ich, auch ganz gern. Sie nennen mich Ohrenopa, weil ich immer »Ich bin ganz Ohr« sage. Ich höre gerne zu. Mit Siegfried und mir sind eben die beiden nutzlosen Alten übriggeblieben. Wir bemühen uns nach Kräften, ihnen ein Gefühl für die Kunst und die Philosophie, all das Ungreifbare zu vermitteln. Aber unsere »Macher« – Wilhelm, Ernst, Heinrich – hätten ihnen ganz andere Dinge beibringen können. (Dass die Kinder alle Computer besitzen, dafür hat Ernst natürlich vorgesorgt. Das meiste machen sie ohnehin mit ihren Telefonen, mit denen sie geradezu verwachsen sind.) Heinrich, der Forscher und Experimentator, wäre ein gutes Vorbild; auch Wilhelm, auf seine juristischkorrekte Art. Siegfried spielt jetzt wieder öfter Klavier, ich erzähle Märchen (Grimms kenne ich auswendig), notfalls auch aus Comicbüchern, was sie so anschleppen. Nun ja. Lesen geht natürlich nicht mehr; sie beschreiben mir die Bilder, ich fabuliere irgendeine Geschichte dazu.

Wir zwei vermitteln ihnen, so will ich das jedenfalls gerne glauben, eine Ahnung von Unendlichkeit. So muss es ihnen scheinen, wenn wir ihnen unser Alter sagen, das ihnen so unglaublich weit entfernt erscheint. Wie ausgedehnt und voller Möglichkeiten steht dann ihr eigenes Leben vor ihnen. Wir bedeuten wohl auch eine Ahnung von Endlichkeit, wenn sie unsere weißen Haare betrachten, die Falten, die fleckigen Hände, unsere Langsamkeit, wenn wir durchs Haus schlurfen. Wir sind, auf eine freundliche Weise, ein *memento mori*. Worüber wir natürlich nicht mit ihnen sprechen.

Aber manchmal erzähle ich ihnen Schauergeschichten von früher. Ich erzähle vom Fernsprechapparat mit Wählscheibe. Wie man den Zeigefinger in die Lochscheibe steckte und wie die Scheibe trotz energischen Drehens bis zum Anschlag immer in derselben gemütlichen Langsamkeit zurückkratterte. Das würde ich ganz gerne wieder einmal hören. Sonst vermisse ich wenig.

47

Ach, Siegfried, mein Freund, mein letzter Freund. Jüngst hat er sich leider die Haare abschneiden lassen. Ich vermisse diesen luftigen Helm, den er aus wenigen, aber langen und weißen Haaren mit viel Spray schuf. Im Gegenlicht, speziell bei Sonnenuntergang, war der Effekt frappierend. Ich nannte ihn immer den »Mann mit dem Goldhelm«, wie der auf dem Gemälde Rembrandts. (Ich weiß, man nimmt jetzt an, er habe es nicht selbst gemalt, sondern einer aus seiner Schule. Ist doch egal.) Aber er hat eine Art Asthma auf das Haarspray entwickelt.

Wir sitzen gerne unten am Wasser und reden. Herrje, wir kennen uns über neunzig Jahre. Ich weiß gar nicht, ob wir wirklich *sprechen* oder ob das nicht doch per Gedankenübertragung funktioniert. Dennoch fühle ich mich, wenn wir langsam – ich an seinem Arm, er am Rollator – wieder hinaufgehen, erschöpft wie nach einem langen Gespräch.

Wir reden auch über das Sterben. Das sind lustige Unterhaltungen. Wir haben keine Angst. Wenn doch, dann summe ich *Hello darkness, my old friend.* Siegfried sagt zum Beispiel: »Ich war mein ganzes Leben von Unsterblichen umgeben. Dichter, Schauspieler. Dazu ein paar Untote aus dem Kulturbetrieb. Ich hab versucht, sie alle totzukriegen. Das ist mein Metier. Haben nicht alle verstanden.

Wenn man das Neue will, muss man das Alte beseitigen und Platz machen für die Jungen. Kein Problem, ich zähle mich nicht zu den Unsterblichen.«

Das ist bescheiden ausgedrückt. Denn Siegfried hat alle Bühnen der Republik bespielt. Er hat die grauhaarigen Abonnenten zur Weißglut gebracht. Er hat als Erster mit tierischem Gedärm gearbeitet. Er hat Fausts transsexuelle Dimension skizziert und Gretchen mit einem schwarzen Mann im Rollstuhl besetzt. Er hat von Ausweisung bedrohten Asylbewerbern das Schauspielhaus geöffnet; sie haben dort fünf Wochen gehaust, aber die Brecht-Fragmente, die Siegfried mit ihnen einstudieren wollte, mochten sie trotzdem nicht.

»Dann eben unvergesslich«, sage ich. Aber er sagt: »Ist dir aufgefallen, dass die am stärksten verwitterten und bemoosten Grabsteine die Inschrift ›Unvergessen‹ tragen?«

Wir spielen mit Inschriften: *Gott sei Dank. Völlig zu Recht vergessen. Junge, komm nie wieder. Das ist nicht mein Grabstein. Hier ruht… wie hieß er noch? Ende der Spielzeit.* Wir einigen uns, dass wir nur unsere Namen darauf stehen haben wollen.

Ich hab ein paarmal für ihn den Statisten gemacht, noch als er im Gymnasium inszenierte. Ganz brav allerdings. Das Anecken lernte er erst später, aber dann tat er es mit Lust. Ihn hat es früh ins mondäne Leben katapultiert; als wir noch Provinzeier in der Großstadt waren, kommandierte er schon Gesellschaften und die Presse; vor allem deren Klatschspalten. Ich glaube, anfangs imitierte er Karajan. Auf jeden Fall dessen Frisur. Und den Porsche. Auf sein Äußeres hat er immer geschaut, und nun bemüht er sich, seinen Stil den Kindern zu vermitteln. Aikokul und Chinara, die Mädchen, lieben die alten breitkrempigen Hüte, und Nooruzbay hofft, dass seine Füße nicht weiter wachsen: sonst passen sie nicht mehr in die rahmengenähten Brogues und Budapester, die Siegfried ihm überlässt. Er ist überhaupt der lieblichste Alte geworden, den man sich vorstellen kann. Das ganze Poltrige, die zur Schau gestellte Selbstsicherheit und die (echte) Überheblichkeit sind verschwunden. Selbst uns war er gelegentlich unheimlich. Wilhelm fuhr einen mittleren Opel, ich fing auf einem Käfer an und blieb lange auf diesem Niveau, aber Siegfried, der Herrenfahrer, hängte uns ab, in der und in anderer Hinsicht. Als er in Bayreuth inszenierte, wollte er unbedingt Karajan für die musikalische Leitung: der aber ging dem »Titanenkampf« (Siegfrieds Wort) aus dem Weg. Ich glaube, dass Siegfried Karajans *Tristan und Isolde* 1952 im Radio gehört hatte – ein Schlüsselerlebnis für beide; Karajan wollte danach nie wieder in Bayreuth dirigieren, wegen des Miefs der nahen Vergangenheit, glaube ich – und Siegfried gerade deswegen.

Travel light, travel fast wurde Siegfrieds Motto, und der flinke Wagen mit dem kleinen Kofferraum das Symbol für den leichtgewichtigen, schnellen Lebenswandel. Er bewohnte großzügige Wohnungen, die er großteils mit Objekten aus dem jeweiligen Theaterfundus bestückte. Da gab es alte Meister, die nur aus fünfzehn Meter Abstand alt und meisterlich aussahen, und Kommoden mit aufgemalten Schubladen, und allerlei Tinnef aus Gips, Pappmaché und Blech. »Wanderbühnen« nannte er diese Behausungen; wie so vieles von ihm auch dies ein ironischer Kommentar. Und er hatte schon »Beziehungen«, als noch kaum jemand dieses Wort verwendete. Es gefiel ihm, weil es ihm so schien, als hätte es in »Entziehung« eine Entsprechung, und er hat das viele Male durchexerziert. Natürlich haben wir ihn oft neidvoll betrachtet; er war schon der elegante Mauersegler, während es bei uns noch zuging wie im Spatzenschwarm (Wilhelm und ich als strebsame Angestellte und Familienernährer, Heinrich fütterte bekanntlich die ganze Nation). Und trotzdem war Siegfried der treueste und zuverlässigste Freund. Meines Wissens hat er niemals einen Martins-Trunk verpasst; dafür hätte er wohl Premieren verschoben. Ich habe lange nicht gemerkt, dass das die reine Anhänglichkeit war und nicht der Versuch, uns mit Mann-von-Welt-und-Geist-Getue zu beeindrucken.

Einmal, als wir am Steg auf dem Bänkchen saßen, sagte Siegfried, wenn es unsere wg nicht gegeben hätte, dann hätte er sich längst aufgehängt oder vor einen Zug geworfen. Nicht die Berliner S-Bahn, sagt er, die hat schon genügend Probleme, und er hätte auch versucht, es lokführerschonend zu tun. Siegfried hätte schlicht nicht gewusst, wohin, nach dem Hinauswurf. Die mit Theaterplunder (den niemand zurückhaben wollte) vollgestellte Wohnung kam ihm auf einmal vor wie die schäbige Kulisse für ein Leben, das zu Ende war. Ich erinnere mich, dass ich mich da zu ihm hinüberdrehte, um ihn anzusehen, obwohl ich schon gar nicht mehr viel sah; das Sehfeld etwa so groß wie eine Untertasse am ausgestreckten Arm. Ich wunderte mich über das späte Geständnis. Offenbar kann man gar nicht alt genug werden, um von den vertrautesten Personen nicht noch Neues zu erfahren. Siegfrieds Kopf brannte.

Natürlich war es nur das Gegenlicht in dem damals noch vorhandenen Haargespinst. Fast hätte ich ihm meine Strickjacke übergeworfen, um die Flammen zu ersticken; nur so ein Impuls. So habe ich ihn im Gedächtnis: der Mann, der brannte.

48

Ich wache jeden Morgen sehr früh auf. Ich warte, bis ich den ersten Mauersegler höre, dann ziehe ich mich an, gehe hinunter und bereite das Frühstück vor. Es dauert alles sehr lange, aber ich habe ja Zeit. Wenn ich ganz nah an die Konsole herantrete, dann sehe ich nur ein einzelnes orangegelbes Licht, Siegfrieds Lämpchen. Mein blaues ist erloschen.

Ich habe jetzt einige Tage nicht mehr auf den Totmannknopf gedrückt. Es geht mir nicht schlecht; nicht schlechter als in der Woche, in dem Monat, als in dem halben Jahr zuvor. Es war ein schöner Sommer, und mir graut ein wenig vor den dunklen Tagen, die kommen werden. Es ist doch ohnehin schon so dunkel.

Siegfried hat es natürlich gesehen. Nachdem es nur noch uns zwei beide gibt, können wir miteinander offen darüber reden. Eigentlich braucht es das Programm nicht mehr. Aber es läuft und läuft und läuft, dieser vw-Käfer der Programmierkunst. Der Rest des Hauses weiß noch immer nicht Bescheid über den Sinn dieser Lichtlein. »Drück doch wieder auf den Knopf«, sagt er, »du willst mir doch nur zuvorkommen.« Ich schüttle den Kopf und sage so etwas wie: Es genügt. Ich bin satt. Hunger habe ich schon lange nicht mehr.

Nooruzbay hat mir vor kurzem erklärt, es gebe nun auch für mich einen Eintrag in solch einem Internetlexikon. Er hat mir den Text vorgelesen. Die wichtigsten Posten, die ich bekleidete, sind erwähnt. Sogar der Titel meiner Doktorarbeit und zwei Auszeichnungen, die ich von meinem Verband erhielt. Nichts Besonderes, nur fürs Durchhalten. Alles knapp und korrekt dargestellt, da hat Siegfried den Nooruzbay sorgfältig instruiert; denn wer sonst sollte das veranlasst haben? Niemand interessiert sich für mich. »Das Internet vergisst trotzdem nichts«, sagte Nooruzbay in ernsthaftem Ton. »Na prima«, sagte ich und musste lachen, »dann ist das jetzt wohl auch erledigt.« Mein kleiner leuchtender Stern am Firmament, wo alles Platz hat.

Ich weiß natürlich, wo das Fläschchen steht. Ich könnte es auch selbst erreichen, aber ich finde, jetzt ist einmal ein anderer dran. Jetzt können die Freunde auch einmal etwas für mich tun. Außerdem will ich dabei nicht allein sein. Also warte ich auf Siegfried und klimpere ein wenig auf der Schreibmaschine herum. Für mich ist das Wortmusik. Aber ich versuche leise zu sein, es ist spät. Das Haus schläft. Die Türe ist nur angelehnt.

Ich höre seinen Rollator. Eines der Räder quietscht leise. Na schön.

Ein Krach, ein Rumpeln. Was – –

Wieder zurück, an der Maschine. Also schon wieder ich. Wer tut mir das an? Warum? Ein Fluch –

Ich tastete mich also hinaus und fiel fast über den Rollator. Siegfried war am Treppenabsatz gestürzt. Ich rief leise nach ihm. Er lag ein paar Stufen abwärts. Ich fasste das Ende des Gürtels vom Morgenrock, einen Fuß ohne Pantoffel. Ich strich mit der Hand über die Beine, wollte seine Lage erfassen. Der linke Oberschenkel stand im rechten Winkel seitlich von der Hüfte ab. Er lag mit dem Kopf nach unten, den Hals über einer Kante. Der Schmerz hatte ihn in eine Art Ohnmacht fallen lassen, denke ich. Leise rief ich nach ihm. Ich glaube, ich hörte so viel wie: Ach, oder war es: Mach? Seitlich neben dem Kopf kniete ich nieder. Mühsam. Und so leicht. Ich setzte mein Knie auf seine Schläfe und drückte es ein wenig hinunter. Mein – so geringes – Gewicht genügte. Siegfried muss nicht ins Krankenhaus. Sie werden ihm kein künstliches Hüftgelenk einsetzen. Er wird nicht im Bett liegen müssen. Morgen werden sie ihn finden. Der Doktor wird sagen: Er war sofort tot.

So ist es gut.

Eines noch musste ich abschalten. Mit dem Treppenlift der Dienstbotentreppen fuhr ich in den Keller. Dort stand der Rechner. Ich erkannte ihn an dem klappernden Lüfterflügel. Hat mir noch Ernst gezeigt. Eine Weile saß ich daneben, erschöpft, dann nahm ich eins von Katarinas Einmachgläsern aus dem Regal und öffnete es. Den Rechner kippte ich auf die Vorderseite, dann leerte ich das Glas über der gelochten Rückseite aus. Es roch scharf nach Essig, Gurken kollerten auf den Boden. »Herunterfahren« nach kirgisischem Rezept. Sauer macht lustig, aber heute sagt das keiner mehr. Es zischt und dampft. Nach einer Minute ziehe ich alle Kabel heraus. Ich will ja nicht das Haus abbrennen. Der Essigdampf macht meine Augen tränen.

Was wird aus mir. Ich bin der Letzte.

Nein. Ich bin nicht der Letzte. Martin ist noch da. Für mich ist der kleine Martin zuständig. Der hat eine Rechnung mit mir offen. So war es:

Wir sitzen in dem Bombenkrater. Mir tut die Seite weh. Er ist mir Füße voraus in die Rippen gesprungen. Ohne Absicht. Aber trotzdem tut es weh, und ich ärgere mich. Warum springt er immer bei den anderen mit rein? Soll er sich doch seinen eigenen Krater suchen. Es tut mir leid, sagt er, es tut mir leid, sagt er wieder. Dann will er wissen, wie viel Uhr es ist. Er hat keine Uhr. Soll er sich doch endlich eine besorgen. Soll ich ihm vielleicht noch seine Schuhe binden? Verdammt, ich komm viel zu spät nach Hause. Geh übers Eis, wenn es so eilig ist, sage ich. Trägt das?, fragt er. Ja, natürlich, wir sind doch zusammen darauf herumgeschlittert. Trägt das wirklich?, sagt er. Ja, ja, sag ich. Weißt du, mein Vater wird fuchsteufelswild, ich war gestern schon zu spät. Gut, ich lauf jetzt los, sag du's den anderen. Er späht über den Kraterrand. Dann ist er weg.

Kinderfüße tappen heran. Es klopft, und die Tür wird aufgeschoben. Jemand fragt, warum ich nicht schlafe. Das ist seine Stimme, diese heisere, und das rollende R. Er kommt herein und sieht mich fragend an. Nicht dass ich das erkennen könnte; so muss es wohl sein, wenn Ohrenopa nach Essig stinkend mitten in der Nacht an der Maschine sitzt und tippt. Nur ein paar Worte noch: Dann werde ich Martin bitten, mich an der Hand zu nehmen, mich nach unten und hinaus, hinunter an den Steg zu führen. Dann schicke ich ihn weg und warte auf den ersten Mauersegler.

Es muss ja schon bald die Sonne aufgehen.

Machen wir Platz.

Der Mauersegler legt die Flügel an.

Ich weiß es jetzt, wo die Menschen vorher sind – sie sind, wie der kleine Martin, auf der anderen Seite der Scheibe. Man zeigt ihnen diese Welt (bestimmt nicht alles, nur das Schöne), man fragt sie: Wollt ihr das? Ich sage »man«, mangels genauerer Erkenntnisse. Sie also sagen begeistert ja. Man arrangiert eine Zeugung für sie. Da beginnt es schon mit den Kompromissen. Vielleicht findet sich nur ein Paar in Bangladesch für sie, oder in Kirgisien. Nicht alle wachsen in privilegierten Verhältnissen auf, sie bekommen nicht alle das gleiche Maß an Verstand, Schönheit und Kraft mit.

Aber egal, sobald sie auf dieser Seite der eisigen Scheibe eintreffen, haben sie das sowieso vergessen. Glücklich können sie alle werden; oder nicht.

Von Katarina

Ist eine Mappe mit Blätter die ich in Zimmer von Herr Carl T gefunden hab. Nicht alle gelesen, aber viel. Erstmal muss sagen, das ich mit der Doktor nie etwas hatte. Nicht ernsthaft. Aber war ein fescher Mann. Gut ein bisschen.

Die Alte haben sich alle gegenseitig aus dem Leben geschafft. Habe ich von anfang gewusst, weil ich bin auch nicht bloed. Gut, ihre Sache, nicht? Waren gute Kerle, doch bin ich froh das nicht ~~ihnen~~ begegnet ihnen bin wie sie jung gewesen. Grosse Herren! Herr Carl hat gesagt: Kommt nicht drauf an wie ~~man~~ alt man wird sondern wie man alt wird. Herrgott, deutsch. Und Herr Siegfried: Hauptsache bella figura.

Sind 10 Kinder jetzt. Laufen wie kleine Könige in Haus und in Garten herum. Sage ich ihnen oft: ihr werdet auch alt. Die lachen.

Christoph Poschenrieder
im Diogenes Verlag

Die Welt ist im Kopf
Roman

Eine monatelange Reise führt den jungen Schopenhauer von Dresden nach Venedig, von Goethe zu
Lord Byron, über schroffes Gebirge und weite Täler
ins Labyrinth der Kanäle – in den Strudel der Wirklichkeit. Christoph Poschenrieders Schopenhauer ist
anders, als man ihn sich gemeinhin vorstellt: Wohl
sieht er die Welt durch die Brille seiner Philosophie,
doch die ist, genau wie er selbst, überraschend sinn-
lich und lebendig.

»Ein perlendes Lesevergnügen, das mit seinen his-
torischen und philosophischen Anspielungen, seiner
Detailfreude und seiner stringenten Komposition den
Intellekt wie mit Federn kitzelt.«
Klaus Bachhuber/Süddeutsche Zeitung, München

»Christoph Poschenrieder beschreibt rasant und wit-
zig, mit ironischen Brechungen und in einer unerhört
kunstvollen Sprache: ein enormes Debüt.«
Rhein-Neckar-Zeitung, Heidelberg

Der Spiegelkasten
Roman

Wie erging es einem jüdischen Offizier, der für
Deutschland an der Front stand? Ein junger Mann ver-
tieft sich in die Kriegs-Fotoalben seines Großonkels
aus dem Ersten Weltkrieg. Und je mehr er sich fragt,
wie dieser der Hölle unversehrt entkommen konnte,
umso tiefer gerät er selbst hinein.
Ein bewegender Roman über die Macht der Erinne-
rung und die Kraft der Vorstellung.

»Auch in seinem zweiten Roman überzeugt Christoph Poschenrieder als begnadeter Stilist. Er beweist, dass er sein Handwerk glänzend versteht und eine packende Geschichte leichtfüßig, stilistisch brillant und höchst lesenswert erzählen kann.«
Eckart Baier / Buchjournal, Frankfurt am Main

»Christoph Poschenrieders Spiel mit Zeiten, Figuren und Räumen ist virtuos und sprachlich glänzend gestaltet.«
Christian Schärf / Frankfurter Allgemeine Zeitung

»Ein großer Wurf. Sprachlich absolut grandios erzählt.«   *Rolf Lappert*

Das Sandkorn

Roman

Ein Mann streut Sand aus Süditalien auf den Straßen von Berlin aus. In Zeiten des Kriegs ist solch ein Verhalten nicht nur seltsam, sondern verdächtig. Der Kommissar, der den kuriosen Fall übernimmt, stößt unter dem Sand auf eine Geschichte von Liebe und Tabu zwischen zwei Männern und einer Frau. Ein Zeitbild von 1914, aus drei ungewöhnlichen Perspektiven.

»Mit großer Leichtigkeit gleitet Poschenrieder durch Zeiten, Orte und Lebensansichten und zeichnet Figuren, die in ihrem Innersten ein Geheimnis bewahren.«
Bruno Bachmann / Süddeutsche Zeitung, München

»Ein wunderbar komponierter Roman, aber das Tollste ist der Stil, mit dem diese Geschichte erzählt wird. Der hat so einen Spaß am Formulieren, dieser Christoph Poschenrieder. Einer der besten deutschen Schriftsteller zurzeit.«
Kristian Thees / SWR3, Baden Baden

»Klug, behutsam und stilistisch brillant erzählt.«
Martin Halter / Tages-Anzeiger, Zürich

Lukas Hartmann
im Diogenes Verlag

Lukas Hartmann, geboren 1944 in Bern, studierte
Germanistik und Psychologie. Er war Lehrer, Jugend-
berater, Redakteur bei Radio DRS, Leiter von Schreib-
werkstätten und Medienberater. Heute lebt er als freier
Schriftsteller in Spiegel bei Bern und schreibt Romane
für Erwachsene und für Kinder.

»Lukas Hartmann kann das: Geschichte so erzählen,
dass sie uns die Gegenwart in anderem Licht sehen
lässt.« *Augsburger Allgemeine*

»Lukas Hartmann entfaltet eine große poetische Kraft,
voller Sensibilität und beredter Stille.«
Neue Zürcher Zeitung

Ingrid Noll
im Diogenes Verlag

»Sie ist voller Lebensklugheit, Menschenkenntnis und
verarbeiteter Erfahrung. Sie will eine gute Geschichte
gut erzählen, und das kann sie.«
Georg Hensel / Frankfurter Allgemeine Zeitung